紀嬰——著
反派未婚妻
總在換人設
中
第一部・妖女、綠茶與霸道總裁?!

目錄
CONTENTS

第七章　過期綠茶也芬芳　005
第八章　暴君的愛妃　050
第九章　壁咚　091
第十章　雲京夢　143
第十一章　邪氣　192
第十二章　邪徒　226

第七章　過期綠茶也芬芳

這場爹爹、爺爺分不清的烏龍事件，最終以一陣哄笑宣告終結。

裴渡左思右想，最後放棄抵抗，認命般喚了二人一聲「謝劍尊」、「雲夫人」，得來謝疏了然的微笑：「不用這般拘謹，你叫我謝叔便是。」

這樣聽起來，倒像是在直呼他的名諱。

裴渡莫名有了種和謝小姐她爹變成同輩的錯覺。

鬼門開啟的時間並不長，等一切塵埃落定，也就到了與蕪城說再見的時候。

溫妙柔打扮得漂漂亮亮，她那樣雷厲風行的人，卻在見到付潮生的第一眼起，就呆呆站在門邊不知所措。

直到屋子裡的男人起身走到她身邊，咧嘴像往日那般笑起來，摸著她的腦袋說「丫頭都長這麼大啦」，她的眼淚才終於打破沉默。

付南星劫富濟貧的事被他爹知道，得了付潮生的一記爆捶，只能癟著嘴委屈地發誓，以後不會再幹偷雞摸狗的勾當。

「可是霸占民財、強搶民女的惡棍很多啊！」他摸著發疼的腦袋：「不能小小地報復他們一下嗎?」

「行俠仗義是好事,不應當偷偷摸摸。」付潮生豪情萬丈:「你跟著我們好好修煉,今後再遇上惡人,無須去偷,直接把他們打得頭破血流便是。」

江屠在位期間,殘害無數忠良百姓;金武真仗勢作惡,亦在蕪城犯下不少罪過。此二人被當眾剔除仙骨,永生無法再踏修煉之道,並將於第二日斬首示眾,給無辜枉死的人們一個交代。

至於莫霄陽,想去鬼域之外的修真界看一看。

他生性好動,閒不下來。好不容易從江屠手中得來魔氣解藥,加之修為小有所成,就算去了人生地不熟的外界,理應不會多麼吃虧。

「臭小子長大了,翅膀硬囉。」周慎故作傷心地嘖嘖嘆氣:「只可惜我如今身負重傷,你付前輩又才復生沒多久,我同他商量過了,恐怕得十五年之後鬼門再開,才能去修真界逛一逛——到那時候,就靠你帶著我們了,一定要闖出名堂啊臭小子!」

「當然好啊!」他興奮應下,說罷有些不好意思地撓頭:「聽說鬼塚很大,我向來不識路,希望不要一輩子在那裡打轉。」

「哪兒能讓你打轉啊。」謝鏡辭沒忍住笑聲,抬手指指自己:「這兒不是有個活體地圖嗎?反正你也沒地方去,不如先去我家住住?如果客房再不住人,那地方恐怕要變成鬼屋了。」

莫霄陽感激到荷包蛋淚眼：「謝小姐，妳真是人美心善、美輪美奐、如夢似幻、富麗堂皇……」

——雖然能看出來你的確很努力地搜刮褒義詞，但求求了還是快停下吧！

總而言之，謝鏡辭在臨近夜半的時候，被她爹娘馭劍帶離了鬼塚。

為感謝她迎戰江屠，鬼域百姓們紛紛獻上在埋骨地找到的寶貝與魔核——魔核由濃郁魔氣凝結而生，對於製作法器、增進修為大有裨益，在修真界中難得一遇。修真界的修士們之所以大張旗鼓進入鬼域，就是想要搜尋這些東西。

也不曉得裴家人知道自己千方百計去尋的東西，竟被她如此輕而易舉得到，心裡會是什麼滋味。

畢竟就謝鏡辭所知，經過那一夜的對峙，裴家陷害裴渡並將其重傷的消息不脛而走，全城的人看他們，都戴著有色眼鏡。

自鬼域回到雲京，已是夜色深沉。

謝鏡辭剛從光怪陸離的小世界回來，對修真界沒什麼真實感。

她這幾日在鬼域待久了，對蕪城中或簡樸或破落的建築風格習以為常，陡一見到雲京，居然生出了幾分不習慣。

作為當之無愧的萬城之都，雲京擁有修真界中無可匹敵的財富與力量。富商豪俠、世家豪門多聚居於此，劍尊謝疏掌權的謝家，更是首屈一指的大族。

入夜的都城燈火如晝，萬家燈火勾連出璀璨盛景，如同天幕倒傾，繁星隕落，點綴於亭臺樓閣之間。

即便馭劍行於天邊，也能一眼望見四通八達的幽深巷道與高高佇起的碧瓦飛甍，煙柳畫橋亭亭而立，有如人間仙境。

莫霄陽從未見過這般景象，嘴巴從頭到尾都沒閉過，謝疏見他好奇，很熱情地一一介紹地標建築。

等來到謝家大宅，魔修少年更是眼睛瞪得像銅鈴，用他的原話來說，「這宅子看上去，比一整個蕪城都要氣派」。

謝鏡辭：總覺得自己成了罪孽深重的資本家怎麼辦。

「家中客房還剩許多，可隨意挑選，二位請隨我來。」

謝疏與雲朝顏都是隨性之人，用不慣丫鬟小廝，因此府中雖然雇了人，被支使的機會其實並不多，大多時候，都是男女主人親力親為。

宅門感受到熟悉的靈力，隨著「呀擦」聲而開。

裴渡注意到，謝疏抬手伸向門邊的石獅子像，從石獅口中拿出兩冊卷軸。

感受到他投來的視線，謝疏一晃手裡的卷軸，展顏笑道：「這是《朝聞錄》，小渡可曾看過？」

裴渡回憶須臾，輕輕點頭：「曾看過幾次。」

雖然那已經是很多年前的事了。

《朝聞錄》是修真界中最有名氣的快訊集，每日夜半發行，用來總結當日值得一提的大事。

至於它為何會力壓群雄，一躍成為供不應求的流行物，除了訊息及時準確，還有另一個十分重要的原因——在所有正兒八經的刊物冊子裡，只有它樂此不疲記錄著讓無數人愛不釋手的八卦。

例如「修真界第一美人的名號再度易主」啦，「仙門大宗裡各位長老們塵封多年的愛恨情仇與生死糾葛」啦。只有八卦群眾們想不到的，沒有他們掘地三尺挖不出來的，可謂是每天都頂著被大能們仇殺的風險，把群眾的需求放在第一位。

修真界太大，許多事都與他沾不上邊。裴渡向來只關心劍道，對於這種花邊小料毫無興趣，小時候看過幾次後，就再也沒翻閱過。

除了他與謝小姐訂婚的那天。

裴渡有些不自在地抿唇，耳根莫名發熱。

那日他特地離開裴家，去了處沒人認識他的小地方。《朝聞錄》隨處可見，他很快便買下十冊，隨後回到房間，逐字逐句地認真看。

那則消息被刊登在最上方，實打實的有排面，標題他記得清清楚楚，用大字明明白白寫著：震驚修真界！裴謝聯姻，刀劍兩道少年天才的結合！

然後就是一大段天花亂墜的漂亮話，大談特談二人如何相配，郎才女貌、旗鼓相當。

裴渡一向厭煩此等浮誇的語句，那日卻每個字都看得小心翼翼，不願遺漏一絲一毫細節，直到看完第一份，才發覺自己不知何時勾了唇角。

於是他又拿起第二份，以同樣緩慢的速度，看完同樣的內容。

嘴角的弧度比之前更加上揚。

在那篇霸居榜首的文章裡，有段話他一直牢牢記到了現在。

『據筆者所知，謝鏡辭向來性情高傲，對諸多表露好感的世家公子與宗門親傳嗤之以鼻。而裴家不及謝家，謝疏溺又愛妻女成性，定不會做出逼婚之事——我們有充分的理由可以推測，莫非這是一場由謝鏡辭主導、不露聲色的強取豪奪？豪門世家恐怖如斯，面對令人震悚的女魔頭二代，一心問道的裴小少爺，他又該何去何從？』

即便知道沒有一個字踩到了正確的點上，但在看到這段話的時候，裴渡還是一邊笑一邊滿臉通紅，反覆打量一遍又一遍。

動心的那個人明明是他。

它說得對，謝小姐並未當眾拒絕這樁婚約。

或許……她並沒有他想像中那樣討厭他。

裴渡想，謝小姐若是能對他來一場所謂的「強取豪奪」，他一定會高興到變成一隻田螺，一邊控制不住地滾來滾去，一邊老老實實主動去她身邊。

「這是前天和昨天的份。我夫人——我每天都會看這玩意兒——啊不是，這份文采斐然、物美廉價的訊刊。」察覺到身旁的目光，謝疏立刻改口：「很有意思，真的，你們想看看嗎？」

莫霄陽拼命點頭，走到謝前輩身旁，看他打開第一份卷軸。

謝鏡辭插話：「如果是前天那份，登在榜首的消息，應該是鬼門將開吧？」

「當然囉，畢竟是十五年一遇的大事，每天都在倒數。」

謝疏滿臉凶相，手握《朝聞錄》站在身形嬌小的雲朝顏身旁，像極正在擬訂處刑名單的暴君與妖妃。

尤其他還「嘿嘿」低笑幾聲，把視線往下移，一副迫不及待的模樣：「讓我來看看，第二條是——」

謝疏的笑容僵在嘴角。

謝鏡辭好奇，和莫霄陽探頭一望，見到大大的白紙黑字。

『震驚！堂堂劍尊，竟被妻子做了這種事！』

看到這個標題，謝鏡辭在心裡直呼一聲好傢伙，等看清接下來的內容，更是不由得倒吸一口冷氣。

『謝疏與雲朝顏現身極北之地，相傳是為尋求靈藥，讓臥床已久的謝家小姐甦醒。然而謝疏好端端入了客棧，等第二日出現，已是滿面瘀青。這讓我們不由得深思：謝劍尊究竟經歷了何種慘絕人寰的對待？據悉……』

後面的內容謝鏡辭沒有看完。

因為有股能殺人的寒氣直勾勾躥進她脖子裡，旋即耳邊傳來她爹拼死掙扎的聲音：「夫人，這不關我的事！我是清白的！這是誰寫出來的東西？掌嘴，打手！」

謝鏡辭若有所思地摸下巴：「娘，妳真把爹打到滿面瘀青啦？」

「胡說八道！」雲朝顏氣不打一處來：「明明是妳爹非要嘗試新姿勢，還一個不穩摔下去，我不嫌棄他就——」

她說到這裡，忽然意識到什麼，耳尖倏地浮起一抹粉色，很快掩嘴輕咳兩聲：「我早就跟他說過，高階刀法急不得，還是要慢慢來。」

謝鏡辭：「娘，但我爹不是用劍的嗎？你們怎麼練刀法練到一塊兒去了？」

雲朝顏笑得溫和：「因為明天早上，我們家要吃掉話最多的那個人，菜名已經定了，叫碳烤鏡辭。」

謝鏡辭乖乖閉嘴。

「我想起來了！我們從客棧出來，打算進入極北之地的時候，的確有人一直盯著我臉上的瘀青瞧。」謝疏看出夫人不高興，趕忙斬釘截鐵道：「夫人莫要擔心，為夫我智高一籌，猜出他定是《朝聞錄》的人，因此從極北地出來後，特地寫了封信解釋——妳再看昨日那份，一定會有轉機。」

謝鏡辭眼睜睜看著她娘親瞬間消氣，倚在她爹高高壯壯的身子上，眼底浮起再明顯不過的崇拜：「阿疏真聰明，果然你對我最好！」

在外面懟天懟地的女魔頭，其實常對謝疏撒嬌。

即便對這兩人的相處模式見怪不怪，但她還是打從心底裡覺得，這簡直是史詩級別讓人不忍直視的場面。

謝鏡辭默默移開視線。

「我給了他們一筆錢，告訴那群人，若想彌補過失，必須說讓我夫人開心的話，並發售往日雙倍的量。」謝疏不好意思地撓頭笑笑，打開手中卷軸：「來，讓我們看看，《朝聞錄》是如何誇我夫人的！」

紙張被打開的聲音，在夜色裡格外清晰，如同窸窸窣窣的小顆粒滾落在耳膜上，攜來隱隱的癢。

饒是裴渡也有些好奇，站在謝鏡辭身旁垂下目光。

榜首第一則，仍是鬼域開啟的消息。

繼續往下，謝疏的笑容再次僵在臉上。

彷彿歷史重現，因為他又見到了那個訃告般的標題，一筆一劃寫著：『二度震驚！堂堂劍尊，竟被妻子做了這種事！』

——寫這個東西的傢伙有病吧！

謝疏頭皮發麻，忍住委屈癟嘴的衝動，繼續往下看。

『雲朝顏驚覺惡行敗露，竟指使謝疏寫信解釋！為何是寫信，而非親自前來？究竟是因為傷勢太重無法見人，還是說……寫信的人自始至終都是雲朝顏，而謝疏，已經永遠失去了寫信，甚至是睜開雙眼的權利？

面對諸多詢問，謝疏從來都是強顏歡笑。

可誰能知道，在他故作堅強的笑顏之下，是多麼沉重且濃郁的悲傷；誰又能知道，看上去頂天立地的謝家家主，至死都只是個長不大的弱小男孩。

豪門世家的光環背後，究竟隱藏著多少不為人知的骯髒與齷齪？

謝疏，你還好嗎？你還……活著嗎？』

你。還。活。著。嗎。

雲朝顏：「……」

謝疏：「……」

「話說回來。」雲朝顏瞇著眼睛笑，伸手擰住自家道侶耳垂上的肉，順時針方向輕輕右旋：「你特地出錢，讓他們加印了兩倍的量？」

謝疏雙目茫然，滿面滄桑，隨著她的動作，把整個腦袋按順時針方向往後扭動，一邊扭，一邊笑著側過視線，對幾個小輩道：「辭辭，爹娘有事，由妳帶二位客人前去客房吧。」

他這個動作看起來莫名其妙，莫霄陽卻隱約明白了其中的用意——只要身體跟著雲夫人手擰的角度扭動，當腦袋與擰動的角度一模一樣，他就不會覺得疼了。

應該是這樣。

這分明是熟練得讓人心疼的景象，在鬼域長大的魔修少年卻情不自禁雙目發亮。

忽然之間，他竟對今後的探險生出幾分莫名的期待。

連正道魁首都如此不落俗套，原來這就是傳說中的修真界，果然好不一樣啊！

謝疏的自爆式犧牲為謝鏡辭吸引了火力，直到她溜進房間關上燈，都沒被爹娘興師問罪。

只可惜躲得過初一躲不過十五，第二日一大清早，她就被迫離開被窩，接受了整整半個時辰的思想教育。

「妳說妳，重傷不癒這麼久，我和妳爹都快急瘋了，妳這丫頭倒好，剛醒過來就往外邊跑，還去了最危險的鬼域。」雲朝顏敲她腦袋：「知道錯了嗎？」

「知道了知道了，娘，我真的好懊悔，離開家的每一刻，都情不自禁思念著二老。但當時情況緊急，像您這樣沉魚落雁閉月羞花善解人意的大美人，一定會理解我的對不對？」

如果說起謝鏡辭從小到大最擅長的事情，除了刀法，那一定是覥著臉拍她娘的馬屁。

她說著一頓，又正色道：「我不是好端端在這兒嗎。而且娘妳看，我在鬼域表現不錯的，妳聽那些魔修誇我，不也是笑得很開心？」

雲朝顏繼續敲她腦袋。

謝鏡辭覺得自己成了木魚。

「我之前倒沒發覺，妳居然對裴渡這麼上心，能冒著生命危險前去尋他。」一旁的謝疏看完熱鬧，饒有興致地插話：「果然有貓膩啊，當初訂下婚約的時候我就納悶，妳這丫頭怎會那樣不假思索的答應。」

婚約這件事，是裴家先提出來的。

大家族之間的聯姻屢見不鮮，向謝家提及婚事的多不勝數，無一例外都被謝鏡辭一口回絕。

裴風南與白婉的本意，是想讓裴明川和裴鈺兩個親生兒子試一試。

他們本來沒抱太多期望，覺得這事兒十有八九成不了，沒想到謝疏欣賞裴渡已久，私下去問女兒時，只道了句：「和裴家小公子試試訂婚，妳願不願意？」

更出乎所有人意料的是，謝鏡辭沒做多想，用再尋常不過的語氣，隨口應了句：「好啊。」

「我說過很多次，沒有貓膩，沒有貓膩，真的只是因為覺得他人還不錯——」她解釋得焦頭爛額，得來對面兩人「妳編，妳接著編，相信算我輸」和「女兒終於長大了」的慈祥目光。

謝鏡辭就很氣。

好在生活中還剩下一些能讓人高興的事情——吃完早餐的時候，從小到大與她一起長大的朋友孟小汀來了。

「嗚嗚嗚辭辭妳知不知道這一年來我有多擔心，傷口還疼不疼？記得我是誰嗎？沒傷到腦子失去記憶吧？」

這是個看多了失憶虐戀話本的資深受害者。

孟三小姐家教甚嚴，常年在學宮與大宅兩點一線生活，被養成一朵不諳世事的嬌滴滴小白花，甫一見面，便上前一把抱住謝鏡辭，拿腦袋在她脖子上狂蹭。

謝鏡辭被蹭得有些癢，還沒來得及開口說話，就見對方倏地仰頭，視線慢悠悠環視一圈，最後看向不遠處的裴渡：「哦——這位就是裴公子吧？」

孟小汀說罷，又湊到謝鏡辭耳邊，用自以為只有兩個人能聽見的音量興奮道：「還是和以前一樣好看！辭辭快上！讓他在妳身下拼命求饒！終於拐回家了我好激動啊！」

白衣少年欲言又止，耳根浮起一抹不易察覺的紅。

謝鏡辭醒來的消息迅速傳遍全城，前來慶賀之人絡繹不絕。

她最討厭應付這些叫不出稱謂的親戚鄰居，乾脆對外謊稱身體不適、不宜離開臥房，實則帶著裴渡、莫霄陽與孟小汀偷偷溜去了玄武廳。

玄武廳，顧名思義是盛放靈臺、能進入玄武境的廳堂。

雲京建築密集，修為較高的修士一旦出手，賠償費能多到讓人上天臺；玄武境由神識凝成，一切皆非實物，自然成了最適宜修煉的地方。

「妳昏迷的這段時間，在金丹期排行榜上，還是妳第一、裴公子第二。」孟小汀心情很好，止不住地笑：「不少人向他發起挑戰，都被打趴了。」

玄武境的排名採取一對一擂臺制，勝者繼承兩人之間較高的那個名次。

一百名開外的修士們能隨意挑選對手，到了一百名以內，就必須逐一去打，一步步往上升。

「什、什麼？金丹期排行榜第一和第二名？」莫霄陽大呼上當，幾乎能把謝鏡辭與裴渡的身子看出兩個洞：「你們從沒告訴過我！」

鬼域和修真界彼此隔絕，排行榜自然也不重合。他在鬼域的名次遙遙領先，最大的願望之一，就是能和修真界的佼佼者們比上一場。

結果等了這麼久，最後居然發現，要找的人其實就在自己身邊？

雖然他看過這兩人的刀法與劍術，的確遠遠超出常人，也猜出他們在修真界地位不低——但他真沒想到這兩位都是隱藏如此之深的大佬，不，巨佬啊！

謝鏡辭表情真誠：「主要是，你也沒問過我們。」

「不必多言！我現在狼血沸騰、急不可耐、氣喘如牛——」莫霄陽兩眼放光：「裴公子，我們來比一場吧！」

結果自然是敗了。

他們二人都用劍，裴渡不像謝鏡辭那樣神識受損，在玄武境裡，保持著巔峰狀態。

莫霄陽曾見過他拔劍，劍法變幻莫測、殺氣凜然，明明平日裡是那般溫潤的翩翩公子，卻在劍氣中狀如煞神，令人不敢接近。

這次同他對決亦是如此。

玄武境中的傷口和死亡都不會影響真身，因而有個不成文的規定，比試之際，雙方都要拿出全力。

裴渡沒了筋脈盡碎的桎梏，漫天劍光燦若星辰日月，浩瀚威壓如潮似海。

纏鬥落畢，莫霄陽略遜一籌，輸得心服口服。

「裴公子厲害！」他最愛挑戰強者，輸了反倒比贏了更興奮，來不及整理儀容，一邊滿臉血地咧著嘴笑，一邊任由胸口往外噴泉似的飆血：「今後還請多多同我比試！」

孟小汀對謝鏡辭講悄悄話：「這個男孩子，看上去好奇怪哦。」

她一邊說，一邊側頭看好友一眼，見謝鏡辭正發著呆，笑著碰了碰她的胳膊：「在想什麼？裴公子太強，讓妳看呆啦？」

當然不是。

裴渡拔劍時的模樣，謝鏡辭早就看過許多次，打從一開始，她就對這場比試的結果一清二楚。

之所以發呆，是因為孟小汀。

當初從小世界回來，系統曾向她透露過關於修真界的未來。

她身旁大多數人都無禍無災，直到問起孟小汀，系統卻莫名沉默片刻，旋即告訴她：

「她會在一個月之後死掉。」

謝鏡辭再去追問，它卻說已經透露太多，無法再繼續了。

這種不上不下、隔著霧一樣的感覺最折磨人。

孟家雖然不是什麼名門望族，卻也算得上和美安康。她百思不得其解，不明白孟小汀究竟會出什麼意外，只能在今後的日子裡加倍當心，尤其是臨近一月期限的時候。

真是倒楣透頂。

謝鏡辭在心裡嘆了口氣。

在既定劇情裡，她一睡不醒，不知還要閉著眼睛躺上多少年；裴渡註定黑化入魔，由天之驕子淪為萬人唾棄的邪祟，想必不得善終；莫霄陽恐怕一輩子都離不開鬼域，至於孟小汀吧——在場這四個人，擺明了全是妥妥的炮灰命，還是被虐得超慘的那種，永世不得翻身。

謝鏡辭還在胡思亂想，另一邊的裴渡收了劍，用餘光望她一眼。

謝小姐雙手托腮，似乎並沒有看這邊。

他下意識握緊劍柄，眸色微暗。

然而在下一瞬，便見她突然抬頭，目光直勾勾落在他身上。

謝鏡辭饒有興致地挑眉：「我們來比一比。」

裴渡下意識地接話：「但妳的神識——」

「不礙事。」

她從小就是個實打實的戰鬥狂，這會兒滿心鬱悶無處宣洩，又被方才裴渡與莫霄陽的一戰勾起了戰鬥欲，只想痛痛快快打上一場。

尤其對手是裴渡。

裴渡拗不過她，最終還是應下了比試。

謝鏡辭在祕境中遇險，不但當時的記憶一片混沌，連神識也受了損傷，她在玄武境裡的修為，比裴渡低上四五個小階。

這一戰她做好了心理準備，因此並不怎麼在意輸贏，直到開打，才覺得有些不對勁。

裴渡並沒有用全力。

他雖佯裝力竭，然而謝鏡辭對他的身法與路數何其熟悉，甫一動手，就能看出這人壓了修為，不露聲色地放水。

長劍出得很快，比起欲要置她於死地，更像是在餵招，招招凌厲，卻也留有後路。

——裴渡知曉她昏睡一年，對各種刀法的運用已不如最初熟練，因此並未直接下死手，而是用這個法子，來喚醒她的身體記憶。

讓人連生氣都做不到。

劍氣盤旋而過，與刀光交纏，勾勒出星輝般的白芒。

兩人你來我往，在裴渡的牽引之下，無數戰鬥相關的記憶浮現在腦海之中，由模模糊糊的紛亂片段彙聚成團。

裴渡是她最好的對手。

謝鏡辭對此心知肚明。

「話說哦，你覺不覺得，」孟小汀坐在不遠處的草堆裡，一邊興致盎然地瞧，一邊對身旁的莫霄陽道：「他們兩個比試的時候，有點那個那個。」

莫霄陽深以為然：「我也覺得，真的好那個那個。」

「真好啊。」孟小汀看得滿眼小星星，嘴角快要咧上天：「希望他們能一直這麼那個那個！沒想到比試也可以這麼……嗯……總而言之你懂的！」

不怪她會浮想聯翩，饒是場上的謝鏡辭，也察覺到了幾分不對勁。

裴渡劍法多變，卻往往被她變著花樣地順勢接下，刀與劍在半空短暫擦過，鋥然一聲輕響後，又尖端一晃，各自退開。

更不用說刀劍相撞時的彼此勾纏，無論怎麼看都……

雖然很不想承認，但當真像極了欲拒還迎的調情。

謝鏡辭耳根一熱。

停停停，必須打住，她莫不是瘋了，居然連比劍都能想到那種地方去。

她因這個念頭心下一亂，手裡動作驟然失了節奏，裴渡不願傷她，在同一時間滯住。

長刀刀尖抵上少年咽喉。

謝鏡辭看見他喉結一動。

「是我敗了。」裴渡語氣極淡，睜著眼睛說瞎話：「技不如人。」

技不如人。

想起他方才攜著綿意的劍法，謝鏡辭輕聲笑笑：「你口中的『技』——」

她存了嘲弄的念頭，刀尖悠悠一晃，如同清風拂上脖頸，抬起裴渡下巴：「是指這樣？」

哇哦。

另一邊的孟小汀笑容填滿整張臉，露出慈母般和藹的眼神。

同樣是軟綿綿的力道，雖則克制，卻帶著若有似無的小勾。

……有些癢。

裴渡雙眸幽黑，下巴被挑起時，只能低垂著長睫看她，灑下墨一般濃郁的陰影。

他周身劍氣未退，整個人如同出鞘的利刃，眉宇間卻是極淡的茫然，似是有些不知所措。

不知所措。

謝鏡辭愕然一瞬。

她終於後知後覺地意識到，自己雖然是在諷刺他出劍綿軟無力，但像這樣拿刀挑下巴……反而更像是在調情。

謝鏡辭：好氣。

謝鏡辭再次被自己氣成河豚，動作僵硬地收回長刀：「下次好好打。」

裴渡：「……嗯。」

四人從玄武境裡出來，已經臨近傍晚。

孟小汀滿面桃花高高興興地回了家，在晚餐餐桌上，謝疏宣布了一件大事。

「小渡不僅動用禁術，對身體造成極重的強壓，還在重傷下接了裴風南一掌，雖然補脈能恢復大半修為，但若想變得與往日無異，還需要諸多天靈地寶作藥材。」

謝鏡辭拿手撐著臉：「所以呢？」

「咱們家的藥房裡都能找到，唯獨差了一味『寒明花』。」謝疏咧嘴一笑，言語間透出幾分得意：「可巧，七日後即將舉行的問道會，獲勝之人得到的獎勵，就有這朵寒明花。」

莫霄陽好奇道：「問道會？」

「是近年來大熱的一項大比。」雲朝顏耐心解釋：「問道會誕生於玄武境的興起。在問道會中，修士們只需透過神識進入玄武境，就能前往人為製造的幻境，並展開角逐。」

「值得一提的是，問道會的規則非常有趣。」謝疏遞了杯茶給她，接話道：「它一年一度，每一年都會換規則——比如上一屆是讓所有修士自相殘殺，最後活下來的那個人取勝；至於再上一屆，則是寶物爭奪戰。」

玄武境中的修士不會真正死去，因此問道會向來玩得很開。

不但規則每年都變，就連地圖也是人為創造，隨心所欲發生變化。與常規法會截然不同的一點是，在大多數時候，它都允許修士之間彼此搏殺。

名副其實的法外之地，非常有意思。

「我和妳娘商量著，妳正是需要復健的時候，霄陽又想見見修真界，去參加這個玩玩，也算一舉兩得。」謝疏見沒人反對，興致更高：「就算輸了也沒關係。其他人拿到，我們花錢買下便是！」

莫霄陽的一口水差點嗆在喉嚨裡。

原來這就是奢華的世家大族，真是好有底氣！

謝鏡辭本就對這種大比很感興趣，之前一直礙於學宮試煉沒能參加，這會兒聽到，毫不猶豫答應下來：「我沒問題。」

莫霄陽興奮舉手，像團活蹦亂跳的小太陽：「我也！」

剩下的裴渡亦是點頭。

「這幾日，你們養精蓄銳，好好做準備。」謝疏說話總是噙著笑，稍一停頓，兀地揚聲：「小渡，同我出去散散步如何？」

這個邀約來得毫無徵兆，裴渡不明白對方用意，只能乖乖跟上。

冬日的雲京也在下雪。

道路兩旁的樹木光禿禿，唯有雪花充當了枝葉的角色，一簇簇地聚攏又散開，把枝頭壓得沉沉彎下腰。

腳踏在地上，傳來綿軟輕柔的簌簌聲響，與謝疏的聲音一同傳入耳中：「你在鬼域奔波多日，昨夜睡得可好？」

裴渡低聲應答：「嗯。多謝謝前輩。」

謝疏笑著嘆了口氣，聲音很輕，散在風裡聽不清晰。

「你突逢劇變，心裡一定不好受。鏡辭那孩子和我一樣，性子直，都不擅長安慰人，倘若她說過什麼讓你不開心的話，我代她道歉。」

「沒有。」他瞬間接話，說到一半，語氣裡莫名生了些澀意：「謝小姐……很好。」

自家張揚任性的小女兒總算沒惹出麻煩，謝疏很明顯地鬆了口氣，緊繃的脊背略微放鬆一些。

「她既然帶你回來，說明打從心裡認同你。至於我和朝顏，你知道的，修真界那麼多年輕小輩裡，我們最中意你。」

他的聲音渾厚溫和，搭配上那張酷似窮凶極惡之徒的臉，總覺得有些違和。

「你很出色，無論過去還是現在。如今的低谷只是一道坎，而非爬不上去的淵，你大可不必妄自菲薄。至於家，不要去想那群姓裴的蠢貨，把我們當作家人就好。」

謝疏一字一句告訴他：「一切總會變好的。無論如何，你身邊都有人陪。」

心臟跳動的力道一點點加大，他幾乎要無法抑制住心上極速上升的溫度。

如同在黑暗中孑然前行的旅人，終於觸及到久違的火光。

「前輩。」裴渡本應說些感激的話，可話到嘴邊，卻染了濃郁的澀：「我不知……該如何謝您。」

謝疏朗聲笑道：「這有什麼好謝的？反正都是一家人嘛。你是辭辭的未婚夫，歸根究底，來日終將成為她的夫婿——想來還要喚我和朝顏一聲爹爹娘親。」

一家人。

裴渡半垂了眼，指尖無意識地勾上袖口。

在裴家，他從沒聽過這三個字。

裴風南最初收養他這個無家可歸的孤兒，無非是因為一張與已故大兒子相似的臉。

那個時候，裴渡是一個可有可無的擺設、另一個人的替身，或者說，用來取悅裴家夫妻的工具。要說地位，連府中的小廝都在暗地裡笑話他。

後來等他劍術精進，逐漸展現出遠超常人的天賦，在裴風南眼裡，裴渡便成了把鋒利的、能為之所用的劍。

至於白婉那邊就更糟糕了，養子的出色無疑是對親生孩子們的巨大威脅，她逐漸恨他入骨，只想早日除去。

他的身分地位一直都是這樣尷尬，除了劍，沒什麼人能陪他說話。到如今，裴渡已快記不起所謂「家人」的感受。

直到謝疏告訴他，他們是一家人。

哪怕只是隨口說出的一句話，也足以讓裴渡心中微動，那些坑坑窪窪的裂痕裡彷彿浸了水霧，被倏然填滿，攜來溫和的涼。

還有……他同謝小姐的婚事，前輩似乎能夠欣然接受，未曾生出退婚的念頭。

他本以為以自己如今的境遇，只會得來嘲弄與冷遇。

分明已經是無用處的廢棄品。

「對了。」男人話到嘴邊，不知想到什麼，唇角勾起饒有深意的笑：「既然你不排斥與辭辭的婚約，不妨多多考慮日後的大婚，像是時間啊，布景啊，儀式啊，地點啊，都可以提前想想，年輕人應該很在意這個吧？做好準備總不是壞事。你不知道，當年在學宮修習的時候，辭辭那丫頭一直格外關注你。學宮上上下下裡裡外外那麼多人，她成天到晚念叨你一人，訂婚那日也是，其實她——」

這是從未料想過的，眼睫下意識顫了顫，裴渡脊背一僵。

心中潛藏的奢望蠢蠢欲動，悄無聲息舔舐胸口，他暗暗將渙散的意識聚集，憑空生出不可告人的期待，只可惜這段話沒來得及說完。

——謝疏的聲音尚未散去，不遠處的小道便現出兩道人影，其中一道微微晃動，伴隨著熟悉的少女輕叱：「爹！」

謝鏡辭像隻憤怒的小鳥，疾步衝上前，許是聽見方才那番話，頰邊浮起清晰的緋紅：「您這是曲解瞞報！我分明只想同他比試，不關那些有的沒的！」

……她爹說的話，就好像、就好像她對裴渡覬覦已久似的。

她！才！沒！有！她不要面子的嗎！

雲朝顏行在她身後，被樹木的陰影籠罩小半張臉，唯有一雙眸子晶亮澄澈，悠悠一動，和謝疏交換噙著笑的眼神。

謝疏點頭，嘴角笑意沒消，雖然沒開口，卻有一道傳音悄悄竄進謝鏡辭識海裡頭：「對對對，別無二心，只想比試。於是乎，比著比著就比出了婚約，奇跡啊！」

無論謝鏡辭究竟抱有怎樣的心思，歸根結底，當初的的確確是她親自應下了婚約。

憤怒的小鳥瞬間熄火，默不作聲乖乖站在一旁。

謝小姐之所以在意他，自然是出於好勝心，不關乎其他。

這是毋庸置疑的事實，然而此刻聽見她明明白白說出來，裴渡薄唇微抿，心尖還是忍不住晃了晃。

也正是在這時，袖口忽然被人輕輕一拉。

「別聽我爹胡說八道，他最愛糊弄人。」他繼續留在這裡，不曉得爹娘還要如何滿嘴跑馬。謝鏡辭莫名其妙生出幾分心虛，拽著裴渡的衣袖轉身就走：「走走走，我帶你回房睡覺。」

她裝得一派正經，把心中的慌亂藏在角落，動作亦是流暢自如，一派正氣灑脫。等與爹娘道別，走出二人的視線，目光一動，謝鏡辭立刻瞥見身邊那人泛紅的耳朵。

像裴渡這種一本正經的劍修，一定將她爹的話當真了。

……順理成章地推斷，像他這種笨笨呆呆的劍修，也一定會因為那些話而感到不好意思。

謝鏡辭努力挺直身子，下定決心為自己正名：「我才沒有日日夜夜念叨你的名字。」

裴渡悶悶地應道：「嗯。」

她拔高聲音，說得更加用力：「也沒有特別特別關注你！」

「我知道。」

謝鏡辭哽了一下。

……說得簡單，那你倒是不要繼續紅耳朵了啊！

她移開視線，心中不知怎麼有些癢。

裴渡生得俊逸出塵，實力亦是一等一的強，當年在學宮，有不少師妹師姐向他搭話，期望關係能更進一步。根據謝鏡辭聽見的風言風語來看，他無一例外全都直接拒絕，沒說多餘的話。

她們向裴渡表達過好感，卻從未有過任何傳言說，裴渡對誰紅了臉，又對誰表露出靦腆和拘束的情緒。

還有婚約也是，既然能訂下誓約，定是雙方一致同意——在那個時候，裴渡究竟是受到裴家威逼利誘，還是自願點了頭？

不對。

謝鏡辭敲敲腦袋。

不對不對，她怎麼會忽然之間思考這些東西。打從一開始，這場婚約就只是兩家的家族聯姻，至於裴渡，他對著誰臉紅，與她又有什麼關係？

「聽幾句玩笑話便這樣拘謹，你之前，不會從沒遇過親近的女子吧。」想起他總是呆呆的模樣，似乎往往因為十足常見的事情臉紅，謝鏡辭把亂七八糟的思緒一股腦甩開，心下覺得有趣，噗嗤笑笑：「以裴小少爺潔身自好的性子，以後你的道侶，可有福氣——」

謝鏡辭說到一半就卡住。

她想起自己是裴渡貨真價實的未婚妻，堂堂正正，誓約昭昭。

而且她在說這句話的時候，裴渡正垂著眼，定定望著她。

明月勾勒出少年清朗流暢的下頜線條，他面上淺粉未退，暈得眼尾盡是柔和薄紅，隨著鳳眼的弧度往上一挑，勾人得緊。

即便在雪夜，他的目光也有些燙。

謝鏡辭想，她腦子一定是短路了，被裴渡這副模樣蠱了心神。

否則她絕對、絕對不會別開視線，對著空空茫茫的夜色輕咳一聲：「……我福氣一直挺不錯的。」

她好沒出息。

可惡。

之後幾日，謝鏡辭大半時間都用在了恢復上。

她舊疾未癒，又在鬼域受了新傷，謝家夫妻溺愛女兒出了名，給她尋來一大堆不管有用沒用總之都很貴的藥材。

其餘空閒的時候，便是領著裴渡和莫霄陽在雲京城裡四處亂逛。

他們兩個都不是雲京人，尤其莫霄陽，見到都城繁盛之景，激動到一邊跳一邊走路，能去僵屍片裡客串。

時間轉眼而過，很快就到了問道會開始當天。

問道會不似傳統法會，需要馭劍或乘坐飛舟四處亂飛，只需以神識進入玄武境，便能與大陸各地的修士相連。

有點類似某些小世界裡所謂的「網際網路」，千里一線牽。

修士之間，等階高低的鴻溝不可逾越，為公平起見，問道會為煉氣、築基、金丹、元嬰乃至化神修士都設置了不同的場次，彼此之間互不干擾。

「我還是頭一回參加這種大比。」莫霄陽很激動：「想必能讓人大開眼界！」

他總算用對了一次成語，謝鏡辭在心裡豎起大拇指。

孟小汀和謝鏡辭一樣，之前都在學宮累死累活，沒有閒暇時間參加此類大比，如今終於得了機會，同樣躊躇滿志：「聽說每一屆問道會的規則都十分有趣，不知道今年會是如何。」

她說罷想起什麼，眸光一轉，把聲音壓低：「對了辭辭，我聽說裴家那兩位公子，也會來參加這次大比。」

裴鈺和裴明川。

橫豎是兩個廢物。

裴鈺年紀比她和裴渡大上許多，卻還在金丹期巔峰打轉；裴明川則是靠靈丹妙藥堆出來的金丹，典型外強中乾。

聽說裴鈺是上屆問道會金丹階級的魁首，這次的第一名，他必然也是勢在必得。

就看他能不能搶到囉。

問道會沒有太多繁文縟節，只要在規定時間內進入幻境，就算是入了大比。

礙於裴渡如今有些尷尬的身分，為避免讓他覺得難堪，謝鏡辭特地掐著最後的時間來到幻境大門。

大多數人已經入了問道會，少數幾個零零星星候在門邊，甫一見到她和裴渡，不約而同露出驚訝的神色。

這兩位，一個昏睡整整一年突然醒來，另一個被逐出家門，聽說還心懷不軌與邪魔勾結，除了一個「慘」字外，還有另一個共同點。

謝鏡辭神識受損，裴渡則是筋脈盡斷、修為盡失，不管哪一個，實力都大不如從前。現實版本的天之驕子隕落，想要看熱鬧的人不在少數。

謝鏡辭沒多加在意，徑直入了大門。

進入幻境後的第一的感覺：冷，黑，又冷又黑。

第二感覺：難道這是《冰原歷險記：修真版》？

與刺骨寒意一同出現的，還有一段浮現在她腦海裡的文字。

『歡迎來到問道會。本次大比規則：收集幻境內妖魔的恐懼值，方法不限，數值最高者取勝。其他：無。』

翻開另一頁，是一行醒目大字：『您當前已收集恐懼值：零。』

……恐懼值？

想讓妖魔產生恐懼，最好的方式，應該是獵殺它們。

至於規則裡所說的「方法不限」……是否可以理解為，虐待、綁架和其他種種更加過分的手段，都是被允許的？

不愧是傳說中的問道會，果真自由。

也不知道其他人會弄出哪些花樣。

等看完規則，謝鏡辭眼前的景象倏然亮堂起來。

她看見雪。

大雪肆無忌憚，覆蓋高聳連綿的山坡。每個修士都會被隨機投放到地圖各個角落，她如今所在的地方，應該是雪山高處。

即便有靈力護體，由於修為受損，謝鏡辭還是難免被凍得哆嗦。

放眼望去盡是雪白，朔風勾連出銀河般傾瀉而下的雪霧，在漫山遍野的白色裡，覆蓋著龍吟般的風聲——颶風勢如破竹，有如海上巨浪，險些將她掀翻在地，謝鏡辭尚未看清更多景象，就被身後一股力道迅速往後拉。

等那股力道消失，將她籠罩的狂風也小了許多。

她被人拽進一處山洞。

洞穴最多僅能容納三人，洞口則是一條細長直縫，斜斜向右傾倒，正巧能避開寒風。至於拉她進來的人——

謝鏡辭恍然回頭，見到一張再熟悉不過的面孔。

謝鏡辭難掩詫異：「裴渡？」

沒救了完蛋了。

人設飆演技的對象是他，幻境都滿地圖隨機投放了，她見到的第一個人居然還是他，這究竟是什麼樣的孽緣，簡直恐怖。

「謝小姐。」少年的目光落在她被凍得發紅的臉頰與耳朵上，略微皺了眉：「此地疾風正盛，不如等風靜下，再出洞探尋一二。」

他頓了頓，終是沒忍住：「妳受凍了？」

謝鏡辭自然是死要面子，矢口否認：「沒有。」

狂風不知道什麼時候才停，她等得無聊，乾脆找了處角落坐下來，仰頭問他：「這次的規則，你怎麼看？」

裴渡應得很快：「問道會想讓我們屠殺更多妖魔……甚至是折磨。」

在瀕臨死亡之時，所釋放的恐懼無疑最巨大。

但死亡畢竟只是短短一瞬間的事情，一旦妖邪沒了性命，就再無利用價值，與之比起來，「折磨」截然不同。

持續性的漫長傷害，對於未知命運的迷茫，往往能成為恐懼的一大來源。

裴渡見她托腮思考，猶豫片刻，走到謝鏡辭身邊，隔著小小的空隙，小心翼翼坐下來。

無論大屠殺還是惡意折磨，都是大家能想到的點子，更何況太過簡單粗暴，她並不喜歡。

除此之外……還有沒有別的手段呢？

『不這樣做，難道妳還打算用綠茶之力征服它們嗎？』她正想得入神，猝不及防聽見耳邊傳來的聲音：『恭喜宿主觸發新場景，當務之急，還是來看看人設吧！』

謝鏡辭真的很擔心，有朝一日她在越級打怪的時候，系統會讓她向終極大Boss撒嬌嚶嚶嚶。

……那也好過對著裴渡撒嬌嚶嚶。

玄武境中的景象向外界投放，為保護隱私，修士們可以自行選擇遮蔽。在講出那段臺詞之前，她搶先切斷了洞穴與外界的感應。

裴渡一直沒說話。

在謝小姐開口之前，他始終安安靜靜，不去打擾她思考，直到謝鏡辭身形一動，突然脆生生道：「好冷。」

她說著往手上哈了口熱氣，雪白氣團好似淌開的水流，緩緩落在柔荑上：「手凍僵了……這種天氣真討厭，你說是不是？」

裴渡看見她轉過腦袋，雙眼似笑非笑地盯著他瞧。

至於那雙凍得通紅的手，則被謝鏡辭滿臉無辜地舉到他眼前，手指微微一蜷：「你看，指尖全是紅的……你的手是不是暖和許多?好羨慕啊。」

她的動作像是某種隱晦的暗示，亦如一根縛在他身上的繩索，只需輕輕一拉，就能讓他無法抗拒地隨之向前。

裴渡的心臟被懸在半空，隱隱發緊。

而他也的確照做了。

洞穴之中狹小擁擠，因為兩人間的距離格外貼近，所以當他伸出手，輕而易舉便觸到謝鏡辭的掌心。

「謝小姐。」他的觸碰很輕，只堪堪把指尖覆蓋在她手心，末了遲疑出聲：「再繼續……可以嗎？」

謝鏡辭沒有回答。

人設不允許她拒絕，即便她在心裡瘋狂吶喊了一萬遍：「裴渡你個白癡！怎麼這麼快就上鉤！」

白癡裴渡：「失禮了。」

他們的體溫都是冰涼的，當少年生著薄繭的拇指劃過她的掌心，謝鏡辭很沒出息地抖了一下。

太癢了。

雖然修真界不怎麼講男女之防，但摸女孩子的手這種事情——

她不知怎麼，心中倏地掠過一個念頭：如果和裴渡在山洞裡的是另一個女人，難道他也會這麼毫不猶豫地摸上來？

不對。

他願意摸什麼人的手，和她壓根沒有半毛錢關係，她幹嘛非要在這兒胡思亂想，浪費時間和心情。

正值走神的空隙，她的整隻右手已被裴渡輕輕包進掌心。

不得不承認，因為修為更高的緣故，他手上的涼意比謝鏡辭少上許多，加之男性的手掌寬大，牢牢覆上時，溫暖得不可思議。

出乎意料的格外舒服。

謝鏡辭忍住了把整隻手往裡面拱的衝動，那樣只會讓她聯想到毫不矜持的小豬撲食。

「這樣……會不會好些？」裴渡的聲音有些僵。

他居然如此光明正大地握住了謝小姐的手。

胸口像是盛放著一個重重敲擊著的鼓，他竭力平復情緒，才能不在面上顯露出明顯的緊張與喜色。

姑娘家的手軟得像水，冰冰涼涼，彷彿只要輕輕一捏，就會軟綿綿地凹陷下去。

他不敢逾矩，只有拇指用力，將之包得更緊。

皮膚與皮膚如此緊密無間的感覺很奇怪，謝鏡辭感受到他手上的力道，不自在地低下頭。

一定是因為裴渡的手掌太熱，所以她才會覺得胸口燥熱到發慌。

這樣的氣氛已經足夠尷尬了。

偏偏她腦海中再度傳來叮咚一響，然後是系統幸災樂禍的聲音：『第一階段完成，恭喜解鎖第二階段！』

謝鏡辭頭皮發麻，差點站起身來：「什麼第一階段第二階段？我警告你別亂來，系統混——爸爸！」

『這是沒辦法的事，我也做不了主啊。』系統語氣無辜：『妳也算是老綠茶了，應該不會不知道，綠茶撩人，哪有說一句話就止住的？如果裴渡一開始就選擇拒絕，第二階段就不會被觸發；但是吧，既然兩位已經這樣——咳，妳懂的，自求多福。』

不！她不想懂！

而且那個「自求多福」……你乾脆說「加油活下來」好了！

謝鏡辭有點崩潰。

當她看見系統給出的臺詞動作，「有點崩潰」便成了「史詩級別的天崩地裂」。

裴渡察覺到謝小姐神色不對，心中一慌。

謝小姐一向不喜男子的觸碰，往往與身旁所有男修保持著距離。

他如此唐突地握住她的手，倘若惹來厭煩——

不等這個念頭落地，謝鏡辭被握著的那隻手便倏然一動。

然而她並未掙脫，而是手臂稍稍用力，把右手往眼前縮。

裴渡手掌與之相接，也就直勾勾來到距離她咫尺的半空。

他感受到謝鏡辭直白的視線，徘徊在手背與手指之間。

「我還是頭一回，被男子這樣握住手。」

她說罷揚唇笑笑，嗓音裡裹挾了冰雪的涼氣，被緩慢溫和地念出來，順著耳朵沁入心底。

謝小姐是……第一次。

裴渡將唇角抿直，聽她繼續道：「原來男子的手是這副模樣，我從未認真看過。」

話音出口時，她悠悠抬起空出的左手。

食指冰涼，劃過他手背。

裴渡脊背陡然僵住。

「是因為骨架大的原因吧？」她的食指極輕，所過之處皆是癢癢的麻，有時好似蜻蜓點水，有時卻又兀地用力，去按薄薄一層皮肉之下的骨頭：「裴公子的皮膚，好像同我的差不太多。」

謝鏡辭說著笑了聲：「我還以為男子盡是粗糙之感，沒想到裴公子摸起來……還挺讓人舒服的。」

謝鏡辭：靠。

靠!這是什麼魔鬼臺詞,綠茶過期了吧,一定是過期綠茶對吧!什麼叫「還挺讓人舒服」,有必要嗎,不能稍微矜持一點嗎!

第一階段引誘裴渡握住她的手的時候,謝鏡辭很認真地思考過。

先不說他很可能會拒絕或聽不懂含義,呆坐在原地宛如木頭人,就算裴渡當真有所回應,摸個手而已,她是個成年人了,摸摸手難道還能原地升天?

對不起,請上天原諒她這個狹隘愚蠢的人類。

謝鏡辭是真沒想到,單純摸個手,都能摸出這麼刺激的感覺,看上去淺嘗輒止,實則暗流湧動,攪得她心煩意亂。

偏生她手上的動作還要繼續。

食指向下,觸碰到一塊凸起的繭。

「這是練劍練出來的?」謝鏡辭微垂眼睫,指尖順時針一旋:「你沒有用藥膏嗎?」

修真界裡多的是靈丹妙藥,想消除劍繭並不難。

像她就一直悉心護養,因而手上柔如凝脂,見不到絲毫老繭與傷疤。

裴渡只低低「嗯」了聲。

謝小姐的觸碰於他而言,無疑是撓心抓肺般的折磨。

身體的接觸曖昧至極,可她卻是一副好奇的模樣,顯然並未多想其他。於是他只能一言不發地忍,任由整具身體緊緊繃直,耳朵自顧自發燙。

「我曾聽過一句話。」謝鏡辭道：「想一眼看穿某個人，最好的兩個辦法，就是觀察他的手和——你知道另一處在哪裡嗎？」

他的腦袋裡早就一片空白，哪裡知曉答案。

察覺到裴渡的怔愣，紅衣少女噗嗤一笑，左手從他手背挪開。

輕輕戳在他的側臉上。

裴渡連掩飾都做不到，如同炸毛的貓，瞳孔皺縮。

「是臉哦。」

落在側臉上的手指並未鬆開，而是帶著幾分新奇意味地緩緩下移。

「臉上許多細節都能反映人的特性，比如皺紋啦，傷疤啦，皮膚啦，膚色啦——」

謝鏡辭頓了一下。

她的笑聲很輕，音量綿軟柔和，在洞穴外的寒風呼嘯中響起，讓裴渡不由屏住呼吸：「裴公子的膚色……之前有這麼紅嗎？」

因為這一句話，他周身的火瞬間炸開。

謝鏡辭：「……」

謝鏡辭：救命，救命！他的臉能不紅嗎！她簡直就是個無恥無賴作惡多端的女流氓，被裴渡一劍了結都死有餘辜的那種！

她開始慶幸，還好之前掐斷了這個地方和外面的聯繫。

如果被修真界成千上萬的人看到這幅場面，謝鏡辭一定會羞憤至死。

「話說回來……臉上的皮膚也很軟，真讓人意想不到。」

裴渡身量較她高出許多，因而謝鏡辭只能仰著腦袋，現出一雙亮瑩瑩的、滿含著笑意的眼睛。

指尖帶著串串電流，重重啃噬他的神經。

裴渡聽見謝小姐說：「真奇怪，究竟是世上所有男人皆乃如此，還是裴公子與他們不同，摸起來才會是這樣的感覺呢？」

她的目光毫無遮掩，讓裴渡無處可藏。

他既貪戀這一刻的溫存，卻又擔心自己無法克制，對她做出不合禮法的舉動，沉默半晌，終是啞聲道：「謝小姐，我——」

「啊，抱歉！」謝鏡辭似乎意識過來什麼，匆忙睜圓雙眼，把手從他臉上挪開，露出十足愧疚的神色：「對不起，我、我一時興起，沒顧及男女之防……裴公子，我是不是讓你不高興了？」

這果然只是她的無心之舉，裴渡在心底自嘲一笑。

像謝小姐那樣遠在天邊的人，怎麼可能會放下身段來刻意撩撥他。

……不過這樣也好。

只有這樣，他才能得到一些接觸她的機會。

這杯過了期的地溝油綠茶，最終還是被謝鏡辭硬著頭皮喝了進去。

當裴渡表現出拒絕之意的剎那，這場戲也就宣告劇終，終於能讓她好好鬆一口氣。

一切的前提是，系統沒有再度發出那該死的叮咚響。

事實證明，謝鏡辭的運氣，是真的不怎麼好。

她剛結束完一場堪比長征的艱苦戰役，還沒來得及「好好鬆一口氣」，就聽見那道無比熟悉的聲音。

『時空位面發生動亂，警告！人物設定崩塌，正在為宿主隨機匹配全新設定……警告！』

謝鏡辭覺得，自己當時的臉色一定很糟糕。

否則裴渡也不會突然問她：「謝小姐，妳身體不舒服嗎？」

她能怎麼做，還不是用一臉奔喪般的神情搖搖頭。

片刻後，謝鏡辭看見腦海中漸漸浮起的兩個大字。

『暴君。』後面還跟著一大段不明所以奇奇怪怪的簡介：『她，是果敢狠戾、驍勇善戰的王；他，是溫潤如玉、滿腹詩書的世家公子。一場邂逅，打亂了誰的馬蹄噠噠，又造就了誰的強取豪奪？「治不好他，我要所有太醫給他陪葬」，是她的霸道宣言；「求我我就給你」，是她堅守終生的倔強。情不敢至深，恐大夢一場。我得到的愛與恨，如何才能分明；你給予的痛與殤，怎樣才能忘卻？』

真的好有病啊。

謝鏡辭想死。

全新人設的到來，總是伴隨著意想不到的驚喜。她面無表情地把視線往下移，見到悄然浮現的一句臺詞。

很好，果然很符合當下的情境。

「謝小姐。」裴渡的聲音低低傳來，她聞聲抬頭，撞見他黑黝黝的眸：「妳的左手，需不需要也捂一下？」

哇，這個人果然得寸進尺。

謝鏡辭冷哼一聲，朝他伸出爪子：「謝了。」

他似是笑了下，將她兩隻手一併包起來。

「關於之前那些，你不要想多，更不要自作多情。」謝鏡辭一邊說，一邊瞄向腦子裡浮起的人設臺詞，強忍住拔刀捅在自己胸口的衝動：「你充其量就是我的暖、暖床工具而已，知道嗎？」

這又是什麼鬼啊！

謝鏡辭腳趾瘋狂抓地，心裡的小人面目猙獰，拼命撞牆。

她只希望裴渡出了玄武境，千萬不要對外大肆宣揚，說謝小姐是個不太對勁的神經病。

籠罩在裴渡身邊的氣息果然滯住。

她不敢看他的眼睛，有些慌張地試圖補救：「準確來說，也不是暖床工具，應該是那個，暖暖——」

最後一個「包」字被堵在喉嚨裡。

捂在她手背上的、裴渡的雙手，突然鬆開了。

隨之而來的，是一道從身後襲來的風。

當身體被輕輕一拉，不受控制往前倒的時候，謝鏡辭腦袋裡閃過許多念頭。

他要幹嘛。

她在往前摔。

等等……裴渡的身體怎麼會距離她越來越近。

最後終於遲遲做出結論：她被裴渡抱進懷裡。

富家公子們往往會攜帶著名貴香料，裴渡身上的氣味卻清新如雨後樹林，一束陽光從樹葉縫隙間灑進來，攜著令人心曠神怡的熱度。

是非常溫暖的感覺，彷彿渾身上下包裹著熱騰騰的氣，將寒冷一掃而空。

謝鏡辭的臉被迫埋在他胸口，能清晰感受到少年劇烈的心跳。

然後裴渡伸手，手掌小心翼翼覆在她脊背上。

她感到莫名的麻，卻不敢動彈。

「暖床不只暖手的，謝小姐。」裴渡的嗓音在她頭頂響起，聽不出情緒，說話時連帶著胸腔輕微顫動：「……此地沒有床鋪，只能委屈小姐，以工具取暖了。」

聽聽這是什麼豬話。

如果不是腦袋被按在他懷裡，謝鏡辭真想狠狠瞪他。

這是高嶺之花一樣的裴小少爺會說出來的話嗎？他不是應該義正辭嚴地拒絕，再如柳下惠似的來上一句「謝小姐，男女授受不親」嗎？

謝鏡辭清清楚楚記得，有不少貴女曾向她抱怨過，這簡直是個油鹽不進的大木頭，無論如何都撩不動，她們費盡心思，得來的不過一聲「自重」。

那他現在是怎麼回事？為了報復她之前那段過期綠茶小把戲，用這種方式來讓她害羞？

不愧是她勢均力敵的死對頭，只可惜他不會如願。

雖然她的確臉紅心跳渾身發熱，但這些都屬於正常生理現象，人體生理現象，能叫害羞嗎。

謝鏡辭單方面權威宣布，不能。

懷裡的人沒有掙脫，裴渡暗自鬆了口氣。

謝小姐被拉進懷中的剎那，他整個人都是懵的。

那個動作實屬情難自禁，幾乎用去了他渾身上下所有勇氣。畢竟這是唯一一次機會，讓他能擁有合理的藉口擁抱她。

即便謝小姐憤然掙脫，他也能解釋是為了取暖禦寒。

結果她竟是出乎意料地安靜。

懷中的少女小小一團，當謝小姐呼吸之際，熱氣透過衣物，沁在他胸口上。他的心跳一定很快，毫無保留地全被她聽見。

這讓裴渡覺得有些羞恥，彷彿藏在心裡的祕密被呈現在她眼前，無論如何，謝小姐一定能發現他在緊張。

怎麼可能不緊張。

這是他心心念念奢求了那麼多年的人，曾經連見上一面都是奢望。

忽然之間，懷裡的姑娘微微一動。

裴渡下意識覺得她想要掙脫，正欲鬆手，卻聽謝小姐悶悶開口。

她的吐息全打在他胸口，好似羽毛撓在心臟上。

謝鏡辭用很小的聲音說：「用力點，冷。」

裴渡：「……」

裴渡只覺耳根滾燙，把雙手收攏一些，努力止住聲音裡的顫抖：「……像這樣？」

第八章　暴君的愛妃

除了她爹，謝鏡辭這輩子沒被哪個男人像這樣抱過。

身為男子，裴渡的身形較她高大許多。

當謝鏡辭被他牢牢錮在雙手之間，渾身上下感受到湧動如潮的靈力與熱氣，裹挾了一點強制性的壓迫，讓她動彈不得，更無法掙脫。

——雖然她不願意承認，但之所以會覺得「無法掙脫」，其實最重要的原因，還是因為太過舒服。

與她緊緊相貼的少年劍修頎長瘦削，由於常年練劍，既不會瘦成竹竿模樣，讓她被骨頭硌得慌，也沒有生出一塊塊硬邦邦的巨型肌肉。

溫度柔和、香氣清新，透過衣物，能隱約感受到對方胸膛起伏的弧度，一切都舒服得剛剛好。

這讓謝鏡辭莫名其妙有種錯覺，彷彿自己正抱著毛絨絨熱騰騰的巨型玩偶熊，在寒風刺骨的隆冬，沒有人能抵擋住這樣的誘惑。

沒錯，這是人之常情，絕不是她沒有出息，屈從於裴渡。

洞穴之外狂風嗚咽不止，謝鏡辭突然聽見裴渡的聲音：「謝小姐。」

一旦他開口說話，胸腔的震動就會撓得她臉龐發癢。

謝鏡辭腦袋一動，換了個更舒適的姿勢，當頭頂蹭過他胸口，能感到覆在後背上的兩隻手掌倏然一緊。

那能不好嗎。

裴渡繼續道：「妳能醒過來……真是太好了。」

這可是她辛辛苦苦為天道打了十份苦工，在每個世界「銀牙咬碎」、「惱羞成怒」、「號啕大哭」才換來的報酬。最致命的一點是，替天道打工還加班。

不過，既然說到這個話題……

謝鏡辭下意識皺起眉頭。

當初她出事遇險的祕境，名為「琅琊」。

琅琊位於東海之畔，時隱時現，唯有有緣之人方能進入其中。她心生好奇，在東海蹲了整整半個月，終於有幸見到曇花一現的入口。

然而這便是謝鏡辭對於這處祕境的全部記憶。

進入琅琊之後發生了什麼、她又是被何人或何種怪物所傷，都是一片混沌無法回憶。要不是有其他修士路過，恰好發現奄奄一息、昏迷不醒的她，恐怕謝鏡辭早就沒了性命。

可據她所知，琅琊之中多是金丹以下的妖物，更何況祕境現世了這麼多年，也從沒聽說有人遇過實力強橫的大妖。

——她到底是被什麼玩意傷得半死不活?

謝鏡辭想不通,只能等到時間寬裕,再去琅琊裡轉一回。

「我在祕境裡出事,只不過是一次小小的失誤——失誤懂嗎?」這樁事被裴渡輕描淡寫地提出來,謝鏡辭死要面子,只能梗著脖子答:「人總有失手的時候,再說了,說不定琅琊裡還真藏著什麼毀天滅地的大凶獸。」

「既能傷及謝小姐,對方實力必然不俗。我後來進過琅琊幾回,皆未發覺異樣,恐怕它——」

他說到這裡,忽然意識到什麼,怔忪著閉上了嘴。

謝鏡辭本來沒覺得奇怪,正全神貫注思考著琅琊祕境的祕辛,聽他陡然停下,思緒也隨之一頓。

裴渡說他「後來進過琅琊幾回」。

「……『後來』?」

她似乎有點明白,裴渡為什麼會中途安靜下來了。

被緊緊抱在懷裡的姑娘倏地一動,當謝鏡辭抬起腦袋,絨絨黑髮蹭過他下巴,惹出綿綿的癢。

謝鏡辭雙眼一瞇:「裴渡,你幹嘛去琅琊那麼多回?」

她並未直截了當地點明，反而用了問句，如此一來，便平白生出幾分欲擒故縱的意思。

與她相貼的胸膛裡，心跳聲果然更重。

「我——」裴渡自知失言，一時間想不出藉口，只能澀聲道：「我聽聞謝小姐的事，心生困惑，便想前去一探究竟。」

這句話對也不對。

他的確是因為謝鏡辭進入琅琊，卻並不似提及的這般雲淡風輕。

當初謝小姐出事，他沒做多想就去了雲京，見到她躺在床上昏迷不醒的模樣，眼眶刹那間紅了。

在這一年裡，裴渡過得並不好。

謝鏡辭受傷極重，幾乎沒有甦醒過來的可能，哪怕請來當世最出色的醫修，見她的情況，也只會嘆息著搖頭。

要說還有誰在堅持，恐怕只剩下謝疏、雲朝顏，還有他。

他四處尋醫問藥，往往數日未曾歸家，白婉冷笑著說他不務正業，不知成天去哪裡瀟灑，裴渡無從解釋，只能把風言風語拋在腦後，繼續發瘋般地救她。

好在謝小姐終於醒了過來。

那天在鬼塚與她四目相對，對裴渡而言，就像在做夢。

懷裡的謝鏡辭低低笑了一下：「看不出來，裴公子還會關注和我有關的消息。」

這回他沒有否認。

洞穴外的瑟瑟寒風並未持續太久，很快便消弭了聲息。

謝鏡辭強壓下心底不捨，從裴渡懷裡起身離開：「狂風停了，我們走吧——倘若繼續待在這兒，總不會有妖魔畏懼兩個山頂洞人。」

她和裴渡收集到的恐懼值都是零。

多虧狂風不再，踏出洞穴時，謝鏡辭終於能看清這地方的情形。

暴雪肆虐，紛揚不休，放眼望去皆是高高聳立的雪白山脊，好似數條正欲騰飛的巨龍，被雪光映出聖雅高潔的純白色澤。

這應該是一處雪山群，放眼望去，除了她與裴渡，再見不到人煙。

「聽說問道會中的地圖極大。」

雖然狂風已經退去，四下卻仍然充斥著尖刀般鋒利的冷氣，悄無聲息地割痛皮膚。

裴渡不動聲色站在風來的方向，為她擋下寒意：「我們所在的雪山，應當只是其中一隅，大多數修士並未置身此地。」

仔細一想，他們的運氣真的挺差。

這鬼地方前不著村後不著店，剛到來，就遇上了能奪人半條性命的颶風，若非裴渡將她拽進山洞，謝鏡辭此時的狀態恐怕夠慘。

幻境之中無法馭劍飛行，縱使心裡有一百個不情願，謝鏡辭還是得乖乖步行下山。

山間風聲不止，穿梭於重重疊疊的峻嶺之中，好似幽魂哀怨惆悵的嗚咽。她正百無聊賴地和裴渡有一搭沒一搭說話，突然聽見一聲震耳欲聾的怒號。

謝鏡辭循聲抬頭，裴渡拔出手中長劍。

四下風雪滿山，在無邊無際的白裡，出現一道圓球形狀的幽藍身影。

那影子身量並不大，像個被染了顏色、四處亂竄的球，謝鏡辭很快就意識到，方才的吼聲並非它發出。

——圓球拼了命地向前逃竄，而在它身後，赫然跟著條體態龐大的巨蟒。

謝鏡辭從沒見過這麼大的蟒蛇。

說是「蟒」，其實已經有了蛟龍之姿，一雙碧色豎瞳有如驟然亮起的幽幽明火，於半空搖曳而生；蛇皮深綠，竟像蛟龍一般生了參差不齊、分布不均的鱗，為整條蛇身平添詭譎之氣。

巨蟒似是追得不耐煩，伴隨又一聲怒不可遏的狂嘯，山谷中疾風乍起，浩瀚靈力彙聚成數把利刃，刺向匆忙奔逃的圓球。

後者一看便是修為低下，哪能在此等攻勢中僥倖逃開，當即被靈力正中體內，頹然摔倒在地。

在漫天散落的雪屑裡，巨蟒的眸光無聲一旋。

正好落在兩個從未見過的不速之客身上。

裴渡出劍很快。

神識中蘊養的強大靈力，讓他在玄武境中得以保持金丹巔峰的實力。

這處幻境既然是專為金丹修士而建，安排的怪物等級多在金丹初階。面對那團弱小不堪的圓球，巨蟒或許還能被稱作「勢不可擋的龐然巨物」，可一撞上裴渡，就難免有些不夠看。

它本是來勢洶洶，想將他們一併納作囊中之物，待到劍光突起，立刻心知不妙，變了神色——這是澈底的碾壓。

饒是四散在周圍的風雪，也不受控制的為之震顫。

無數零散交錯的靈力為他驅使，劍氣夾雜著無形罡風，於低空凝成游龍般的刺目白芒，伴隨劍尖一聲嗡鳴，只需一劍。

劍光所至之處，竟連雪花也被劍氣所馭，變為刀刃般鋒利的霧氣，一併刺入巨蟒體內，而在白芒中央，長劍勢如破竹，一舉穿過牠七寸之上。

這場戰鬥還沒來得及開始，就已經被裴渡宣告了結束。

他贏的乾淨俐落、毫不拖泥帶水，如果謝鏡辭往更深的地方去想，還會發現在少年的動作裡，藏匿了些許刻意為之的漂亮花樣。

想要在謝小姐面前表現得更好，這是他未曾出口的小小心思。若是在往常，裴渡絕不會用太過引人注目的劍招。

巨蟒來不及發出嘶吼，在劍光中掙扎著，謝鏡辭有些好奇：「問道會裡的怪物，該不會都是這種貨色吧？」

「不會。」裴渡搖頭：「此地雖是金丹主場，在其他地方，還是會被設下元嬰甚至化神的妖魔——問道會不會讓大比太過無聊。」

也對。

又是修真版本大逃殺，又是幻境裡的大富翁奪寶戰，就謝鏡辭看來，幕後主導問道會的那群人，實在有點瘋。

「方才斬殺巨蟒，得到了十點。」裴渡看她一眼：「謝小姐呢？」

「沾你的光，兩點。」

也就是說，透過殺死幻境裡的怪物來獲得恐懼值，這個設想是成立的。

而且除了斬殺者，在一邊旁觀或出手相助的隊友也能分到一杯羹，得到零星幾點獎勵。

這樣一來，就出現了一個需要去證實的問題：是不是殺死所有怪物，擊殺者獲得的數值都是十點？或是說，這個所謂的「恐懼值」，還和擊殺手段、擊殺時間與怪物強弱有關？

只可惜那條巨蟒已死，沒辦法在牠身上做實驗，不過……

謝鏡辭略一挑眉，視線慢條斯理地往另一邊移，目光所及之處，是團在地上瑟瑟發抖的圓球。

「此物應該是傳說中滅絕已久的『雪魄』。」裴渡淡聲道：「問道會的創辦者……利用幻境重現。」

「雪魄？」謝鏡辭生了興趣，垂眼細細瞧它。

浮在空中時是圓滾滾的一團，這會兒落在地上，軟綿綿的身子便像液體那樣往四周攤開，模樣和史萊姆有幾分相似。

僅僅因為這道眼神，她面板上的恐懼值就上漲了三點，比圍觀裴渡的大屠殺還多。

有個念頭在腦海中猛地一浮，奈何謝鏡辭還沒來得及抓住，就沒了蹤跡。

『沒錯，就是這個眼神！四分涼薄三分輕蔑兩分暴戾一分嗜血，再加一分的癲狂與唯我獨尊！』系統興奮得不行：『在這一刻，妳就是君臨天下的王，讓整個世界為之震顫的暴君！此等刁民，怎能入妳高貴的法眼！來，全新場景解鎖，臺詞已經為妳準備好，開始妳的表演吧！』

謝鏡辭：那個你的餅狀圖眼睛加起來超過了百分百。

謝鏡辭：不是！為什麼你要突然這麼興奮啊！

『因為只有這種氣勢，才配得上暴君啊！』系統興致更高：『這是我最喜歡的人設之一，相比起來，什麼妖女什麼綠茶都弱爆了！如果妳能把我的話轉換成文本，會發現我每句話都帶驚嘆號！』

謝鏡辭不想理它，做好充足的心理準備，看腦海中浮現的字句一眼。

「謝小姐，」裴渡溫聲問她，語氣禮貌且疏離，「它該如何解決？」

地上的圓球渾身一顫。

「……呵。」

眾所周知，無論是暴君還是霸總，古往今來只有稱呼在變，骨子裡的邪魅狂狷卻不會被消磨。

如果要提名出場率最高的字，那一定是帶著疑問語氣的「嗯？」，和越不屑越有那味的「呵」。

謝鏡辭願把它們稱作最邪魅狂狷的字，詞典裡永遠屹立不倒的王。

「區區一個俘虜而已，莫非還需要我親自動手？」她語氣輕蔑，說話時揚了下巴：「敢和我作對，之前那樣威風，到頭來還不是得乖乖趴在腳下。」

這句話聽起來，其實算不上特別奇怪。

——可前提條件是，她說這番話時面對的，不能是一團軟綿綿哭唧唧的史萊姆球啊！

去他的邪魅狂狷，謝鏡辭心裡浮現起四個字。

作威作福。

這事要是再多來幾次，她在裴渡心裡的形象就澈底完了。

謝鏡辭不敢看他的表情，注意力掠過識海中的面板，不由微微一愣。

等等。

恐懼值……上漲了？

謝鏡辭驚了。

就因為她這麼一句讓人頭皮發麻的話,恐懼值瞬間又上漲了一點?

謝鏡辭一邊暗自驚詫,一邊大腦空白的繼續念臺詞:「至於那條蟒,憑它也敢和我鬥?解決它我手到擒來,至於你——」

這下居然又多了三點。

……她好像有點明白了。

雪魄之所以如此恐懼他們,和裴渡斬殺巨蟒,有很大的關係。

巨蟒比它強大數倍,而裴渡能毫不費力將其斬於劍下,那他帶來的威脅,自然也就比巨蟒更高。

這叫對比的力量。

這個幻境裡的妖魔鬼怪之間,也存在著彼此掠奪撕殺的食物鏈,如果能好好利用的話——

「喂。」謝鏡辭拿手戳一戳幽藍色的圓球:「你會不會說話?」

沒有反應,只是瑟瑟發抖。

看來它要麼膽小到無法交流,要麼是當真不會講話,很難溝通。謝鏡辭有些失望,思忖著站起身,望身旁裴渡一眼:「走吧。」

「……不用殺它?」

「不用。」她的視線飛快掠過仍在發抖的圓球,嘴角勾出一抹笑意:「它為我提供了一個有趣的想法……就當是報答的謝禮吧。」

裴渡的目光很安靜：「想法？」

「你想啊，如果只是瞬間斬殺，它們的恐懼就相當於一次性消耗品——一次性的意思就是，用完一遍，就沒辦法利用第二次了。」謝鏡辭腳步輕快，一面往前走，一面對他道：「這樣多虧啊，根本不划算。每個魔物都相當於一棵樹，如果想收集更多的果子，我們不能把樹直接砍掉，而是需要等它慢慢長。」

她說著一頓，目光望向不遠處的巨蟒屍體：「必要的時候，需要施加肥料，作為促使它生長的養料。」

裴渡了然：「謝小姐是想救下那些被追捕的小怪？」

「……你也許會覺得，我的想法有點奇怪。」謝鏡辭摸摸鼻尖：「像這樣單獨救援，雖然能收穫一定分數，但只有一個，還是太少了。」

一個太少。

他心有所感，念及謝小姐方才試圖與雪魄溝通的舉動，眼底墨色漸深。

「在幻境裡，一定有不少小妖群居而生。」她繼續說：「一隻妖能提供的恐懼固然很少，但如果我們能解決它們的天敵，不是以救世主，而是以新統治者的身分，凌駕於整個族群——這樣一來，豈不就擁有了源源不斷的恐懼來源？」

暴君啊。

面對無法反抗、卻又令人心甘情願臣服的威壓，以敬畏、崇拜、恐懼等諸多情緒為基石——誰能不畏懼暴君。

恐懼源源不斷，每時每刻都比前一秒更濃郁，這可比直接殺掉整個族群有用得多。

她說得盡興，已經在心裡默默打起草稿，行到一半，忽然在遠處見到一抹熟悉的身影。

同一時間，系統給出了全新臺詞。

謝鏡辭看清那行字，忍無可忍：「你是不是有病？」

『有病嗎？』系統很無辜：『妳難道不覺得，這句話非常符合當前的語境？』

謝鏡辭：「……」

他們如今到了半山腰，比起之前所在的山巔，風聲不再那麼急。

但謝鏡辭還是感到了透骨的涼意。

「謝小姐！」莫霄陽居然也被傳送到雪山裡，正坐在一處怪石嶙峋的避風地，陡一見到他們二人，很激動地抬手揮了揮：「這裡好冷啊！你們要不要也來這裡休息一下？」

四周安靜了一瞬。

「呵，男人。」望著莫霄陽的臉，她終向生活妥協，忍住五官變形的衝動，勾唇冷嗤一聲：「你在玩火。」

正在燒火取暖、往火堆裡添柴的莫霄陽：？

「這就叫玩火啦？」她本以為莫霄陽會呆立當場，沒想到唇紅齒白的少年竟是咧嘴一笑：「謝小姐怎麼知道我最愛玩火！燒火不算什麼的，我還會跳火圈、舞火龍、喝一口酒後噴火——妳看！」

然後莫霄陽就真的舉起一根火把，抬腳跨火盆。

事實證明，這人比系統更有病，真是一山比一山高，要論騷操作，還是得靠騷操作來壓。

謝鏡辭呆若木雞，站在一旁看他真·玩火。

連不久前還在她腦子裡嘰嘰喳喳的系統都安靜下來，怔忪著一言不發。

謝鏡辭：就該讓你們這群直男來一場穿越，去治治那些古早小說。

玄武境，問道幻境外。

「鏡辭那丫頭，怎麼還沒去掉靈力屏障？」

問道大會乃修真界一大盛事，早在尚未開始的時候，外場就圍滿了熙熙攘攘的觀眾。

謝疏與雲朝顏亦是如此。

外場遍布著倒映了幻境的鏡面與虛影。無數光影交疊生長，在空曠的瑩白空間裡，好似不斷變換著的夢境。

代表謝鏡辭和裴渡的鏡面，已經黯淡許久了，

「她不就是和裴渡待在同一個山洞裡？又不會做什麼見不得人的事，有什麼必要——」

謝疏說著瞪圓眼睛，滿臉不敢置信：「什麼！難道她當真打算對小渡做一些見不得人的事！這這這、小渡那可憐孩子怎麼受得了啊！」

雲朝顏敲敲他腦袋，覷謝疏一眼：「給我住腦，你成天都在想什麼呢？咱們女兒是那種人嗎？」

她道侶面色一凜，竟有些吃驚：「難道不是嗎！」

真是感天動地父女情。

「謝劍尊、雲夫人。」有人辨出他們的身分，笑著上前搭話：「我聽說謝小姐已經醒來，二位可是專程來看她的表現？」

「正是。」

同家裡人相處時，謝疏往往是謝家最擅長活躍氣氛的那一個，不但一張嘴叭叭叭沒停過，嘴角也少有放下來的時候。

然而一見到旁人，就會立刻收斂笑意，露出深不可測、慈眉善目的模樣——

據他本人所言，這是為了彰顯正道魁首之威，拿更加通俗易懂的話來講，背著偶像包袱。

他笑意極淺，微微頷首之時，喉頭輕動：「還望道友莫要聲張，我夫人喜靜。」

噫。

雲朝顏在心裡狂翻白眼，這人真是好做作不清純。

謝疏又道：「道友，如今排行榜上，頭一位的是誰？」

「自然是裴家二公子，在上回的問道會裡，他便是當之無愧的頭名。」青年抬手一指：「劍尊且看，那邊人潮最多的地方，就正在投映他的動向。」

雲朝顏聞言望去，果然見到人頭竄動，人群中交談聲此起彼伏，即便隔著一段不遠的距離還是依稀聽見其中幾句。

「照這個速度……恐怕還沒等問道會結束，幻境裡的魔物就被裴鈺殺光了吧？」

「我的天，裴家人真是怪物。他已經像這樣殺了多久？不用休息的嗎？」

然後是音量更小的談話：「我聽說裴渡也來了——就是被逐出裴家、廢除修為的那個。他既然沒了修為，怎麼還來參加問道會？」

「這種事誰知道，不過話說回來，他真是有點可惜。原本是個天賦遠遠超出裴鈺的天才，結果卻發生了那檔子事兒，筋骨全碎啊，想治好得耗費多大力氣。他沒有除裴家外的倚仗，哪會有人願意費盡心思幫他？依我看來，大抵是廢了。」

「你不知道？謝家……」

後來的內容被淹沒在愈來愈大的聲浪裡，讓人聽不清晰。

雲朝顏沒再繼續聽，轉而把目光放在青年身上：「裴鈺在大肆屠殺？」

「對啊，這是收集數值最快的方法了吧。」青年苦笑一聲：「排行榜榜上有名的，幾乎都是用的這個法子——不過裴鈺之所以能一騎絕塵，其實有個獨到的竅門。」

雲朝顏挑眉:「哦?」

「這個『恐懼值』非常耐人尋味。無論大小強弱,只要是幻境裡的妖魔,都能為修士們提供相應數值,而通常情況下,膽小怯懦的小妖怪,最容易產生恐懼情緒。」

謝疏恍然大悟:「所以裴鈺就專挑小妖下手?」

「這只是訣竅之一,稍微思考一下,很容易就能想到,襲擊小妖得到的收益最大。」青年點頭:「還有另一個竅門,就是絕不能將其當場擊斃。裴鈺做過幾次嘗試,發覺妖魔在受到折磨的情況下,會產生源源不斷的恐懼。」

因此,透過折磨至死的手段,來最大程度地獲取恐懼。

雲朝顏下意識皺了眉:「刻意折磨已算惡行,實在沒什麼看頭。」

「對啊!我也這麼覺得,就沒在他的影像那邊待,想四處逛一逛,看能不能發現什麼有趣的新路子。」青年說罷神色一滯,露出興致盎然的笑:「劍尊、夫人,謝小姐的畫面亮起來了!」

總算能見到寶貝女兒的情況,謝疏倏然扭頭,等看清畫面之上的景象,忍不住雙目圓睜:「這、這這這——」

「這是上古時期的魔獸,幽蛟。」雲朝顏沉吟:「據說幽蛟乃金丹期巔峰的混沌巨獸,性情暴戾、鮮有畏懼之敵。這個對手……倒挺新穎別致。」

既然恐懼誕生自所有妖魔,那毫無疑問,想收集最多數值,最有效的辦法,就是對不堪一擊的小妖下手。

像幽蛟這種性喜殺戮的魔物，不但會浪費寶貴的競賽時間，就算真能將其擊敗，以它天不怕地不怕的性子，恐怕只能產生少得可憐的幾點恐懼。

毫無疑問，這是最不該選擇的對手。

不過……以謝鏡辭和裴渡的水準，不該連這種淺顯易懂的道理都看不透。

雲朝顏生出好奇與期待，細細看去時，聽見謝疏朗聲笑笑：「放心，鏡辭這樣做，一定有她的道理——如果沒有，那就當我沒說。」

過分，這人又搶她臺詞。

與此同時，問道會中。

謝鏡辭緊握著鬼哭刀，於陡崖之上縱身一躍，刀光疾馳如風，在半空勾勒出如冥火般的影子。

在她身前，是一條通體深藍的巨型蛟龍。

蛟龍與蛇之間隔著天塹般遙不可及的距離，先不說兩者實力相去甚遠，單看體型，幽蛟也比不久前那條蟒蛇大上許多。

這是名副其實的上古魔獸，擁有淩駕幻境裡大多數修士的力量。

他們此時正位於一處裂谷之中，兩側狹窄逼仄、怪石嶙峋，少得可憐的陽光從裂隙間降下來，如同清水融進濃郁墨汁裡，很快不見蹤跡。

幽蛟所至之處，烏黑魔氣遮天蔽日，伴隨著令人不適的陳腐血腥味，充斥在裂谷裡。當它們像潮水那樣往前翻湧，四周陡峭的崖壁，也隨之劇烈顫抖。

「哇哇哇！這就是傳說中的上古巨獸嗎？果然好嚇人好恐怖！你們看到牠身上的毒液沒？我嘗試了一下，連石塊都會立刻被腐蝕欸！」莫霄陽還是同往常一樣管不住嘴，行雲流水地揮動手中長劍，眼底的笑意快要止不住：「你們當心！」

謝鏡辭不置可否，拔刀迎上前。

當初在雪山遇到莫霄陽，三人交換了已經得知的資訊。

雖然人人都有恐懼，但若要論及數值多少，就不得不去關注當事者的性格和能力。

越膽小就越容易害怕，能力弱小的，自然更加患得患失。

人皆如此，妖魔亦是這樣。

謝鏡辭的計畫聽上去有些天方夜譚，好在莫霄陽同她一樣，並不熱衷於搏鬥廝殺，聽完大致想法，當即興奮地一拍大腿：「咱們去試試不就知道了！」

於是三人下了山。

正如她料想中那樣，按照問道會的背景設定，這處幻境久久無人踏足，唯有妖魔肆意滋生。

既然妖魔擁有一定神志，那麼在漫長的時間變遷裡，定會形成群居的習慣，正如人類建立的村落與城邦。

但與人類不同的是，妖物魔獸之間的食物鏈清晰分明，對於貧弱的小妖族群來說，擁有一個或更多，讓它們聞風喪膽的天敵。

要麼直接殺死這些小妖，獲得死亡剎那的恐懼。

要麼殺死天敵並取代，成為它們嶄新的噩夢，獲得源源不絕的數值。

謝鏡辭當然毫不猶豫地選擇了第二個方法。

可巧，他們三人剛下雪山，就見到幽蛟在村落裡肆意啃殺，並擄走幾個小妖當儲備糧的景象。

在魔獸的世界裡，絕無憐憫與同情可言。它們生性暴虐，唯一的念頭，只有盡可能多地進行殺戮，用血肉填飽肚子。

沒有實力、無法反抗的低等妖魔，在它們看來，和人類眼中的米飯沒什麼兩樣。

謝鏡辭本想速戰速決，跟在幽蛟身後來到這處裂谷，沒想到它比想像中難纏許多。

——不過無論多麼難纏，都抵不過她有開荒專用的工具人裴渡。

他今日著了白衣，灼目劍芒驟起之際，好似自天邊降落的流星，倏然刺破裂谷裡惹人心驚的黑暗。

幽蛟的身軀遍布毒汁、堅如磐石，少年鋒利的長劍卻沒入層層皮肉，直達血脈深處，旋即猛地向下一劃——頓時血流如注，蛟龍引以為傲的堅硬皮肉竟如同棉花，被強行破開。

然後撕心裂肺的慘聲叫引得山石狂顫，幽蛟龐大的身軀頹然倒地，裴渡收劍入鞘，打完收工。

裴渡，真好用。

幽蛟雖然躺在地上沒了氣息，那股悶悶的腥臭味道卻經久不散，甚至有越來越濃的趨勢。

謝鏡辭被薰得皺眉，眸光冷然，輕輕一轉。

蛟龍在村落肆虐之後，抓來了幾個實力弱小的妖族來到此地。小妖們本就嚇得瑟瑟發抖，被她這樣一瞧，紛紛瑟縮著後退到角落。

接下來，就是展現她兢兢業業磨出的演技的時候了。

「……那條蛟的食物？」

謝鏡辭手裡仍拿著刀，刀光照亮半邊面龐，平添幾分侵略性十足的艷。

四下昏幽寂靜，霧氣般的魔息悄無聲息蔓延勾纏，唯有她身著紅裙，在不甚明亮的幽谷中顯得張揚無比，加之五官妍麗，眼尾只需輕輕一挑，便顯出刀刃般鋒利的銳意。

幻境之外，與謝疏並肩站立的青年摸摸下巴：「等謝小姐殺了這幾個小妖，就會發現得到的數值甚至比幽蛟更多……這也算是個小小的教訓吧。」

難以言喻的危險。

謝疏沒說話，若有所思地凝視著眼前的畫面。

「別、別吃我！」

幻境中的妖魔都是人為製造的幻象，要論邏輯思考能力，必然遠遠不及真正的人類，在這種情況下，感到恐懼在所難免。

其中一個生了狼耳的青年拼命往後縮，情急之下，將身旁的女孩往前一推：「妳吃她吧！她細皮嫩肉，肯定比我更美味！」

『叮！獲得恐懼值。當前數值：三十。』

青年開口的間隙，自裂谷盡頭傳來一聲驚呼。

原來是村落裡的其他妖族放心不下，循著幽蛟行蹤來到此地，本想悄悄看一眼情況，沒想到竟然目睹了蛟龍的屍體。

為首的男子驚愕道：「是、是你們殺了它？你們是——」

「我不是來幫諸位的。」謝鏡辭不帶絲毫猶豫地打斷，唇邊浮起一抹笑。

她嗓音清越，此時彌散在血霧與漫天魔氣裡，噙著莫名的詭譎與殺意：「我想和你們達成一筆交易。」

在場所有小妖抬頭看她。

「諸位不覺得，這塊地界猶如一盤散沙？」謝鏡辭手中長刀輕振，發出低低嗡響：「妖魔叢生、鬼怪遍野，以你們此等修為，面臨的威脅應該不只幽蛟這一種吧？你們難道……不想擁有庇護？」

可惡，這臺詞也太中二了吧。

系統在她腦子裡笑得咯咯不停：『老天，這臺詞也太中二了吧。』

謝鏡辭第無數次不想理它。

沒有妖敢應答。

她周身散發的濃郁威壓容不得任何小妖反抗，它們心中再清楚不過，只需一刀，面前的年輕女修就能讓在場所有妖物身首異處、再也睜不開眼睛。

「我提出的交易是──」

裂谷深深，悄愴幽邃，她的聲音與崖壁相撞，發出隱隱回音，說到這裡，渾身籠罩著血腥氣的女修停頓片刻。

『叮！獲得恐懼值。當前數值：三十六……三十九……五十二……』

她笑意加深：「要麼歸順於我，得到我的庇護，要麼死在我的刀下。各位，二選一吧。」

「這……」幻境外的青年略微愣住：「謝小姐這是想做什麼？成為它們的救世主？可救世主……完全無法產生恐懼啊。」

他話音剛落，幻境中的謝鏡辭再度開口。

「不過得先提醒兩點，第一，作為保護你們的報酬，我會拿走諸位四成的收成，第二，我脾氣不好，不是英雄，更不是好人，不高興的時候，最大的愛好就是動手。」她語氣裡藏匿著漠不關心的笑：「對於那些不想見到的傢伙……」

談話之間，謝鏡辭目光向旁側一旋。

她的動作微不可查，異變發生於轉瞬之間。那個曾叫著「吃她別吃我」的青年還沒來得及發出慘叫，就被靈壓震得頹然倒地，沒了呼吸。

既然要當暴君，就少不了必要的殺雞儆猴，倘若只是嘴上說說，定然起不了太大效果。周遭的小妖們又是一滯。

此人果真暴戾不講道理，要是拒絕歸順，毫無疑問，這隻狼妖就是他們的下場。

恐懼值蹭蹭蹭地往上漲。

幽蛟是他們永遠無法戰勝的天敵，而眼前的女修，卻輕而易舉將其擊潰。

也就是說，她比幽蛟更加危險、更加陰晴不定，更加……讓他們感到畏懼。

說是「交易」，其實根本就沒得選擇，沉默良久，不知是誰倉皇應聲：「我……我接受！」

這道聲音如同一把鑰匙，在它之後，響起眾多顫抖的微弱嗓音。

「我選第一個。」

「請、請不要殺我們！」

「你當真能為我們剷除所有前來作惡的凶獸嗎？」

『叮！獲得恐懼值。當前數值：七十……九十六……一百二十六……』

數值持續不斷地攀升。

謝鏡辭略一挑眉：「當然，我也知曉四成的份量有些強人所難，這一點上，我不會刻意為難大家——在今後,我會將諸位分為三個等級,想提高等級,有個非常簡單的辦法。」

『啥?』連系統都有些懵:『什麼等級,什麼辦法?我聽這規則,怎麼覺得有點耳熟?』

「讓你們身邊的其他妖知道我,並心甘情願歸順,只要成功,就能讓自己的等級更進一步。」謝鏡辭在心裡朝它比了個剪刀手,面上波瀾不起,嗓音冷冽:「每一階段,需要繳納的份量都會比上一階更少,到第三階,便不用向我繳納收成。」

系統:『……』

厲害。

這是要讓對她的恐懼像病毒一樣妖傳妖啊。

如此一來,每個妖怪都成了被她瘋狂壓榨切割的韭菜,野火燒不盡,春風吹又割,子子孫孫無窮盡,等到韭月韭日,再來憶山東兄弟。

它總算明白,為什麼會覺得謝鏡辭的話似曾相識了。

因為這種操作,分明就是妥妥的四個字。

發展下線。

不對勁,它覺得這女人不對勁。

——妳的劇本叫《邪魅暴君狠狠愛》,不是《我在修真界搞直銷》啊!用這種方法來折騰單純的古人,真的很過分好嗎!

謝鏡辭可不會管這麼多。

雖然臺詞是中二了點，但好在效果不錯。他們的征途是星辰大海，還有無數像這樣的小群落能提供源源不斷的恐懼值，不能在此地停下。

接下來，理應與裴渡和莫霄陽前往下一處地方。

在她開口的剎那，腦海中傳來叮咚一響，場景點亮，暴君人設再度被啟動。

謝鏡辭腦子一抽：「裴愛妃、莫公公，時不待人，快一同侍寢吧！」

謝鏡辭：「……」

系統你解釋一下，誰家的暴君身上會發生這種場景啊！而且莫霄陽，你好慘吶！

當念出這段能讓她原地死亡的臺詞時，謝鏡辭腦子裡飄過許多念頭。

比如幻境裡的妖魔鬼怪都想讓她死，只有這個狗蛋系統出淤泥而不染，想讓她生不如死。

又比如此時此刻的空氣真的好凝固，想要打破尷尬，只能靠她開動生了鏽的腦袋瓜想出個好辦法。

在接連排除「詩琴」、「實情」、「事請」等等根本沒什麼用的諧音後，謝鏡辭終於選擇自暴自棄，用微笑面對生活。

只要她不尷尬，尷尬的就是別人。

不知是因為那句「公公」還是「侍寢」，莫霄陽一時間接不住她的臺詞，立在原地成了個呆瓜。

然而沉默並未持續太久，因為很快，謝鏡辭便聽見溫和清越的嗓音：「……走吧。」

這聲音——

謝鏡辭脊背一僵，不敢置信地睜圓雙眼抬起腦袋。

裴渡語氣平常，接下她的臺詞時，彷彿在訴說一件無足輕重的小事，見她仰頭，喉結不自在地動了動，略微移開目光：「誅殺幽蛟不易，謝小姐多有勞累，還望好好歇息。」

誅殺幽蛟有八成是他的功勞，如今被裴渡這樣一說，在那群沒能親眼目睹決戰經過的小妖看來，謝鏡辭便成了最大的功臣。

一個實力比幽蛟更加恐怖、空閒時最愛濫殺無辜、脾氣奇爛無比、私生活混亂不堪的壞女人。

小妖們瑟瑟發抖，恐懼值繼續嗖嗖嗖往上升，唯恐什麼時候被她看不順眼，直接送去陰曹地府喝孟婆湯。

莫霄陽本來還在發愣，察覺到小妖們的反應，再看看自個兒面板上增長不停的數值，一瞬間就明白了謝鏡辭的良苦用心。

對了，他們如今正在演戲啊！

謝小姐擔任著震懾小妖怪的暴君角色，既然是暴君，那妖妃自然情理之中的需要安排一個，除此之外，還得有個忠心耿耿的侍從。

至於她說的那句話……

世上君主千千萬，試問有哪個能像她一樣，面不改色地讓愛妃和公公同時侍寢，當真好變態好惡毒，橫看豎看都不像正常人。

高，實在是高。

謝小姐僅僅用一句話，就活靈活現演出了變態君王的形象，一顰一笑間，都在向不遠處的那群妖族彰顯一個事實：顫抖吧，她是個不得了的狠人！

幻境裡的妖魔皆乃幻象，沒真的腦子，被謝小姐這樣一演，定不會再有任何懷疑。

莫霄陽好激動：「謝小姐！我等不及了，該去哪兒侍寢？」

裴渡眸色幽深，聽不出語氣裡的喜怒：「公公請自重。」

謝鏡辭：「……」

不是，你們兩個怎麼還自顧自演起來了？

透過這種方式得來的恐懼值不少，雖然早就做了心理準備，但等謝鏡辭點開識海裡的面板，還是因為大大的「兩百零六」微微愣住。

想當初裴渡誅殺巨蟒，得來的不過區區幾個點數。

聽見此次問道會的規則，大多數修士都會下意識覺得，恐懼的最大源頭來自死亡。搜集恐懼，也就相當於殺死盡可能多的妖魔，將幻境變為充斥屠殺屠宰場。

但從結果來看……恐懼這種情緒，源於人心之間的博弈。

他們這邊得了令人滿意的結果，躊躇滿志地打算前往下一處場地。

在幻境之外，則響起帶著驚詫的低呼：「這這這、這是什麼法子？透過擊殺肆虐一方的魔物，來賺取小妖怪們的恐懼……這樣做當真可行嗎？」

在謝鏡辭的影像前，陸陸續續彙集了看客。

有剛來的人看得一頭霧水，見狀好奇出聲：「為何不直接殺了它們？倘若直接動手，也能拿到為數眾多的獎勵啊，何必這麼麻煩。」

「笨。直接動手，妖怪死了，能從它身上得到的恐懼也就澈底沒了；要是留著它們一條命，這恐懼無窮無盡、越來越多，他們便可坐享其成。」

另一人出言反駁：「更何況，按照那個『鼓動身邊其他妖物歸順，就可以免除供奉』的規則，這群小妖一定會盡最大可能宣揚他們的事蹟。一傳十，十傳百，如同疫病那樣蔓延不息，到那時候，即便他們什麼事都不去做，也能得到源源不斷的數值。」

「有趣，這個法子著實有趣！」與謝疏並肩站立的青年哈哈大笑：「我還以為謝小姐做好事不留名，萬萬料想不到，竟會是這樣的法子——說不定過上一段時日，這片幻境裡大部分土地上，都會出現她的名姓。」

「還有一個很有意思的點。」雲朝顏眼尾帶著淺笑，雙手環抱於胸口，懶洋洋倚在一邊：「如今參與問道會的諸多修士皆以殺伐為目的，幻境之中的妖魔們，會被逼到無路可退的境地。」

而在這時，有人宣稱會「庇護」他們。

其餘修士們殺得越凶，妖魔們就會越發想要得到她的庇佑，如同抓住最後一根救命稻草，慌不擇路地選擇歸順於她。

這是無可奈何的大勢所趨。

天時地利人和，謝鏡辭這一招全沾上了。

「不過嘛，」雲朝顏話鋒一轉，雙目寒芒隱現，將視線落在不斷閃動的影像上，「這樣一來……他們一行人難免同其他修士生出矛盾了。」

發展下線這個法子，一時用一時爽，一直用一直爽。

謝鏡辭等人開闢全新疆土的同時，早先被馴服的小妖們，也在兢兢業業發動身邊的親朋好友、街坊鄰居與各種雜七雜八的七大姑八大姨。

被後來拉入夥的小妖們沒真正見過她，拎出一個單獨來看，產生的恐懼值微乎其微。

但正所謂積少成多，眾多小妖怪的情緒加在一起，就產生了一筆十分可觀的數目。

謝鏡辭感慨萬千：「經過這次的問道會，我終於明白了一件事。」

『什麼道理？』系統順著她的話往下接：『那個……「動腦子比動手更有效」？』

「當然不是。」謝鏡辭毫不猶豫否定：「我只是覺得，直銷頭子，啊不，暴君當起來真舒服啊。」

——所以妳已經承認自己是直銷頭子了嗎！

修真界鼎鼎大名的正道法會，竟然被此等手段占據了大半江山，系統覺得問道會的風氣要完。

「謝小姐，咱們能不能換個設定？」莫霄陽愛上了角色扮演，對於自己的身分定位一直耿耿於懷：「公公就算了，妳看御史大夫怎麼樣？或者御前帶刀侍衛也挺好——嘶，好糾結。」

謝鏡辭：「……你開心就好。」

距離問道會開始，已經過去了整整一天。

天色漸暗，他們白日裡四處奔波，正是筋疲力盡的時候，乾脆尋了一處山洞暫時歇下。

洞穴之中幽暗無光，莫霄陽點了火摺子，小心翼翼走在最前面探路，嘴裡不忘劈里啪啦：「這附近居然沒有妖族群居的村落……你們千萬要當心，像這種深山老林裡的山洞，裡面不曉得藏著什麼東西，蛇啊毒蟲啊還有孤魂野——嗚哇，地上有東西！」

他這段話還沒說完，就發出驚呼。

謝鏡辭循聲看去，順著躍動不休的火光，隱約瞥見靠坐在角落裡、被莫霄陽一腳踩上的人影。

那身形……她很熟悉。

電光石火之間，地上那人倏地一動，右手順勢而起，一掌擊在莫霄陽膝蓋上。

空曠洞穴裡，響起兩道尖叫聲。

一道來自像兔子般瞬間蹦起來的莫霄陽，另一道，則來自角落裡突然出手的少女。

謝鏡辭聽出貓膩，拾起被莫霄陽丟在地上的火摺子，往前一照：「……小汀？」

「對不起對不起！我真不是故意的。我只是想在山洞裡睡個覺，沒想到半夢半醒，居然見到一束火光——這完全是下意識的動作，我也沒辦法。」

莫霄陽以埃及法老王的姿勢平躺在地上，這一刻的他無悲無喜，像一具了無生氣的木乃伊。

一旁的孟小汀睡意沒了大半，想要伸手碰一碰他的膝蓋，遲疑稍許，又笨手笨腳地把手收回來。

因為是神識入境，在問道會裡，每個修士只能配備最基礎的傷藥與日常用品，不似在真實修真界，能從儲物袋掏出千奇百怪的靈丹妙藥。

「你中了我的『輕夢落花朧月流雲掌』，外傷藥膏不管用，需用靈力清除瘀血。」孟小汀闆切道：「很快就好了，你忍一忍。」

「輕、輕夢落花朧月流雲掌？」

不愧是閨中小姐，連掄起拳頭打人，都要取這麼一個不知所云，聽起來特別文雅秀美的名字。

莫霄陽聽得懷疑人生，覺得不如改名叫「心狠手更辣掌」。

「這是她一貫的取名風格。」謝鏡辭在一旁看熱鬧：「比如『纏綿悱惻飛花落葉踢』。」

哦,螳螂掃堂腿。

「還有『風行水上浮生夢我拈花指』。」

就不戳瞎你眼睛誓不甘休連環戳唄。

等等。

莫霄陽終於品出一絲不對勁:「又是腿又是手指頭,莫非妳是體、體修?」

他對體修瞭解不多,只知道此類修士以淬煉筋骨為主,比起道心,更注重體魄的鍛造,修為高了,能有金剛不壞之身、化骨血為兵。

無論是修真界還是鬼域,比起占了大頭的劍、法、樂三道,體修屬於難得一見的珍稀品種,原因無它,只因又累又痛又不夠優雅瀟灑,全靠吃苦得來的修為。

在他原本的認知裡,只有窮途末路、沒辦法修習其他道法的人才會選擇修體,沒想到孟小汀這樣一個嬌滴滴的富家小姐,居然會走上這條路。

其中的違和感,真不是一兩句話就能說清。

孟小汀對這種反應習以為常,乖乖點頭:「是。」

這個消息太過出乎意料,乍一聽見,莫霄陽膝蓋上的劇痛都少了許多:「我還以為,妳會修音律或是符法。」

「我也想啊。」孟小汀生了對圓潤的杏眼,苦惱的時候,眼睛軟綿綿地向下垂:「可我無論做什麼都沒有天賦。要說學劍吧,我反應太慢,比試時能被對手戳成馬蜂窩;要說樂器吧，那些琴啊笛啊簫啊，我壓根記不住每根弦和每個孔的音調——如果音修能修木魚就好了，說不準我還能拿在手裡敲一敲。」

那還真是毫無天賦啊。

莫霄陽心下了然：「所以妳就成了體修？」

「對啊！體修不用動腦子，只需要不斷精進精進再精進，雖然有時候會疼，但疼總比動腦子要好。」說起這個話題，孟小汀倏地來了興致：「就算身體疼，只要腦袋裡是放空的，那就是世界上最幸福的時候！」

莫霄陽：「……」

她方才似乎用無比篤定的語氣，講出了無比匪夷所思的歪理。

是他難以理解的腦迴路，修真界裡的人果然不一般。

「對了，你們收集了多少點數？」孟小汀一面為他渡氣，一面語氣輕快地開口：「我有兩點。」

兩點。

但凡她對見到的小妖怪瞪上一眼，得到的點數都能比這個多。

莫霄陽心情複雜：「妳在洞裡睡了一天？」

孟小汀：「才沒有！」

「她只是不熱衷比試。」謝鏡辭緩聲笑笑：「比起奪取點數，她對幻境本身更感興趣——要說的話，妳可以默認她在進行一場幻境旅遊，之所以參加問道會，只是為了拿到門票。」

要論性格，孟小汀與她截然不同。

謝鏡辭爭強好勝，只想把學宮裡所有弟子都踩在腳下；孟小汀則習慣當鹹魚，最大的愛好就是滿修真界閒逛，順便參加一些法會大比，用來消磨時間和湊熱鬧。

「以我金丹出頭一點點的修為，倒頭來也贏不了，不如及時行樂囉，開開心心才最重要。」孟小汀說著皺了皺眉，露出有些嫌棄的神色：「要我像裴鈺那樣，把無辜的小妖一個個折磨致死……好噁心，想想就起雞皮疙瘩。」

裴渡長睫輕顫一下。

「裴鈺？」謝鏡辭挑眉：「妳見到他了？」

「他應該就在附近吧？傍晚的時候，我親眼見到他抓了一整個聚落的小妖，當著所有妖的面，一個個、一點點地下殺手，被抓住的妖都在哭。」她說到這裡便講不下去，似是覺得冷，摸了摸自己的手臂：「就是因為那個場景，我方才做了噩夢。」

所以他採用的方式是當眾屠殺。

還真是挺沒品的。

「不過這種手段的確有用啊，不出意外的話，裴鈺應該還是這次問道會的頭名吧？」孟小汀眸光一轉：「這人很討厭，我們不提他——除了裴鈺，我還知道了很有意思的消息。」

「什麼消息？」

「我聽說啊，」她把音量壓低一些，語氣神祕，「妖族那邊馬上會有大動作——在它們一向四散分離的群落裡，似乎出現了一個試圖統領全域的首領，聲稱能給予所有妖族庇護。」

空氣裡出現了不合時宜的凝滯。

謝鏡辭輕咳一聲，摸摸鼻尖。

這個消息果然勁爆，她甫一托出，另外三人立刻驚訝得說不出話。

這不算什麼，她還知道更多細節呢！

「想統領所有妖，那得有多強啊？」孟小汀一本正經：「聽說它非男非女，手撕上古幽蛟、生吞雪頂巨蟒，生有六隻手六隻腳，渾身上下燃著烈焰，只要看上一眼，就能讓人恐懼得沒辦法動彈。」

謝鏡辭看看自己的手，又望望身上惹眼的紅裙。

「對於裴鈺來說，欺負小怪雖能為他贏得更多點數，但他一定不甘於此，而是希望大幹一場，展現出金丹巔峰的全部實力，讓幻境外面的人們知道他不是草包——」孟小汀說到這裡，加重語氣，斬釘截鐵地下了最後結論：「最遲就在明天，裴鈺和那個大怪物，肯定會爆發一場大戰。真希望大怪物能贏！」

她對自己的一番推理頗為滿意，說罷睜著圓溜溜濕漉漉的眼睛，微抬了下巴看向謝鏡辭，滿心歡喜地等著對方像從前那樣笑瞇瞇誇她。

然而謝鏡辭沉默半晌，忽然發出惡魔低語般的呢喃：「小汀，妳數一數，我、裴渡和莫霄陽一起，一共有幾隻手幾條腿？」

孟小汀一呆：「六、六隻，六條。」

「妳再看，我身上這件裙子，它是什麼顏色？」

孟小汀：「是紅——」

她上一刻還在納悶，謝鏡辭為何會問出如此奇怪的問題，然而「紅」字一出口，心裡破碎的拼圖，猝不及防得到了補全。

孟小汀如遭雷擊，試探性出聲：「不、不會吧？」

謝鏡辭：「對不起……我就是那個非男非女、生吞雪山巨蟒、生了六隻手和六條腿的大怪物。」

孟小汀：「……」

孟小汀：「咦咦咦啊啊啊——！」

要讓孟小汀把事情的來龍去脈消化一遍，不用太久。

她很快便吃透了謝鏡辭的計畫，沉著臉一言不發思索。

莫霄陽本以為這人試圖提出建設性意見，結果等她沉吟半晌，終於聽見孟小汀的聲音：「好耶！我要當御前帶刀侍衛！」

如此緊要的關頭，是糾結這種小事的時候嗎？

他就知道，不應該對她抱有絲毫期待。

莫霄陽義正辭嚴：「不行，這是我的角色，妳趕快換掉——啊不呸！我是說，裴鈺真會向我們發起挑戰嗎？」

「很可能。」一直靜默無言的裴渡沉聲道：「如今修士大肆屠殺妖物，每隻妖都想尋得庇佑，如此一來，謝小姐的名號定會在妖族中迅速傳開。」

他嗓音乾淨，聲音雖然帶了冷意，語氣裡的柔和卻讓清冷之感疏解：「對他來說，若是能除掉所謂『統領者』，不但能證明自身實力，還能摧垮諸多妖族的信念，獲得前所未有豐厚的恐懼值。」

完全把他們當工具在用。

一旦裴鈺獲勝，他們從小妖們身上千辛萬苦收集來的恐懼，恐怕就得加倍送給他了。

問道會並不禁止修士廝殺，謝鏡辭很認真地比對了一下雙方實力，她神識受損，裴鈺卻在巔峰。

要是她一人與裴鈺打起來，估計夠嗆。

今夜的話題就此終結。

明日究竟會發生何事，誰都說不上來。與其浪費時間胡亂猜測，不如先行歇下，補充體力。

等莫霄陽熄滅火光，洞穴中陷入一片幽謐的死寂。這地方沒有床鋪，地上又不夠乾淨，謝鏡辭左挑右選，最終靠坐在一處石壁旁。

修道者入眠極快，不遠處另外三人很快就沒了聲息。

她還在想著裴鈺的事，被冷風一吹，輕輕咳了一聲。

此時，耳邊傳來柔和的聲音：「謝小姐。」

她抬頭，撞上裴渡漆黑的眼瞳。

他坐在與謝鏡辭相對的另一邊，並未開口說話，而是用了更為隱蔽的傳音。

一縷月光從洞外滲進來，點亮少年人溫潤清亮的雙眸，如同沾了點點水色的璞玉，幽然生光。

裴渡道：「無論發生何事，有我在。」

好肉麻。

裴渡頭一回對她講出這種話，謝鏡辭怎麼聽怎麼覺得不習慣，彆扭地攏緊衣衫，從他身上移開視線：「就算你不出手，我一個人也行——你不用安慰我。」

裴渡像是無可奈何地笑了笑。

在零星而寡淡的月色裡，謝鏡辭看見他倏然起身。

少年清雋高挑的身形有如修竹，一步步朝她靠近，腳步輕得沒發出任何聲音。

謝鏡辭莫名心口發緊、動作僵硬，為了不在氣勢上落於下風，仰面與他四目相對。

裴渡抬手，褪下寬大的白衫，當他俯身之際，投來一片濃郁如霧的影子。

謝鏡辭感覺到逐漸貼近的熱度。

「不是安慰。」這次他沒用傳音，而是趁著低頭為她披上外衫的間隙、在貼著她頭頂，用只有兩個人才能聽見的音量啞聲道：「妖妃對暴君向來一往情深，心甘情願赴湯蹈火，謝小姐。」

裴渡的嗓音與呼吸交織在一起，都是低低的，彷彿成了電流，或是一根綿長纖細的線，從謝鏡辭大腦一直連到心上，然後用力一扯。

她很沒出息地渾身酥了一下。

「那是妖妃對暴君。」謝鏡辭努力深吸一口氣，把脖子縮進殘留著裴渡體溫的外衫：「又不是你對我。」

「今夜莫道友格外入戲，偶爾陪他試上一試，倒也不錯。」他的嗓音隱約發澀：「侍寢之事，一個人就夠了。」

他居然還記掛著這件事，特地舊事重提，拿她逗趣。

謝鏡辭只想敲他腦門。

「……好啦。」身下的姑娘稍稍一動，語氣裡攜著倦意，悶悶地應他：「今後只寵你一個，裴愛妃世界第一好，誰都比不上——侍寢，侍寢有你就夠了，其他人全都丟掉丟掉。」

還在為她整理外衫的少年動作一頓。

裴渡臉頰發燙：「謝小姐，不必如此……」

他撩人不成，結果還被反將一軍，「如此」好一會兒，也沒說出個所以然來。

倒是謝鏡辭得意洋洋地哼哼一聲：「裴愛妃名言警句，侍寢之事，一個人就夠了。朕覺得非常有道理，等離開玄武境，就裱在床頭吧。」

裴渡：「謝小姐！」

第九章　壁咚

謝鏡辭迷迷糊糊睡著，等第二日醒來的時候，天色剛亮。

甫一睜眼，就見到孟小汀滿臉賊笑。

「昨夜吹了一整晚的冷風，我睡在這山洞裡，被凍醒好幾次。」杏眼圓臉的小姑娘嘆了口氣，滿目盡是硬凹出來的失落悲涼，末了委屈地看她一眼，意有所指：「每當被凍醒的時候，我都會想，要是能有哪個好心人送我件外衫搭在身上——以身相許我都願意啊。」

謝鏡辭睡眼惺忪，下意識看了看身上披著的白衫。

然後一個激靈，睡意全無。

昨晚她半夢半醒胡思亂想的時候，裴渡似乎來過。

瞬間清醒的大腦，依次閃過少年人修長白皙、為她攏緊衣領的手，他傾身靠近時冬雪一樣冷冽的氣息，還有她倦意襲來，不知怎麼就脫口而出的那句話。

……什麼叫「獨寵他一個」啊。

當時一切都順理成章地發生，等事後再回想，只覺得曖昧過了火。

謝鏡辭一個頭兩個大，匆匆瞥向洞口立著的頎長影子。

裴渡未著外衫，中衣的淡淡雪色，勾勒出年輕劍修的筆挺腰身與肌肉輪廓，瘦削修長的脖頸沒有外物遮擋，泛著漂亮的冷白。

他許是聽見孟小汀的那段調侃，與她視線相撞時，長睫輕輕一顫，但很快便恢復了平日裡的溫潤冷然：「謝小姐。」

孟小汀：「呼呼呼。」

「你的外衫，多謝。」謝鏡辭知曉這丫頭最愛起鬨，抬手戳了戳孟小汀額頭，旋即脫下白衫向前幾步，遞給裴渡：「給你。」

孟小汀像個幽靈，特地站在謝鏡辭身後蕩來蕩去，雙眼裡帶著揶揄，盯得裴渡耳根發熱。

他頂著這樣的視線，有些緊張地從謝鏡辭手裡接過外衫，並沒有直接穿在自己身上。布料上還殘留著她的溫度。

這讓裴渡隱隱有種錯覺，彷彿謝小姐輕輕觸碰他。

他不動聲色地攥緊袖口，指尖撫過即將散去的溫度。

「問道會一共持續三日，我們還有兩天可以忙活。」謝鏡辭並未察覺這個小動作，躊躇滿志：「既然小汀能從其他妖口中得知我們的事蹟，那咱們如今的名聲應該不小，只要一鼓作氣，定能拿到寒明花。」

他們之所以會參加問道會，就是為了幫裴渡取得療傷用的藥材。

莫霄陽剛來修真界不久，純粹想來見見世面，對名次毫不關心；孟小汀久聞問道會大名，來這兒最大的目的，類似打卡知名網紅聖地，幹什麼事都是圖一樂。

至於裴渡，以他的性子，更是對奪得法會魁首一事並不關心。

幾個對名次絲毫不感興趣的人一拍即合，打定主意要在幻境裡盡情搞事，把謝鏡辭推上神位。

接下來的計畫與昨日相差不大，同樣是四處搜尋霸居一方的大妖與魔獸，再出言將原本由其統領的小妖怪們馴服。

參加問道會的修士們大多掌握了竅門，知道無論對手強弱，給出的點數都差不多，因此雖然大妖很容易找到，也鮮少有人會去討伐。

這樣一來，無疑大大便利了謝鏡辭的行動。

裴渡是當之無愧的工具人，殺伐果決、出劍又快又狠，加之修為遠遠凌駕於幻境裡大多數怪物，往往莫霄陽和孟小汀還沒反應過來發生了什麼，就見他已經收劍入鞘。

一來二去，又到了一日的黃昏。

打打殺殺整整一天，疲憊勞累。

孟小汀從沒在一日之內走過這麼長的路，快成了蔫蔫的野草，謝鏡辭看得心疼，便提議在一處聚落歇息下來，尋了處房屋住下。

「昨日，我們除掉了幽蛟、雷鳴獅、毒王藤和赤火鸞，加上今天的收穫，總共收下九個群落。」莫霄陽像是永遠不會覺得疲累，樂呵呵咧著嘴：「跟在謝小姐身邊狐假虎威的感覺實在太好啦！我的點數一直在加，從來沒停過。」

「我的也是！就算坐在這兒什麼也不幹，居然還是能蹭蹭蹭往上漲，好神奇啊！」孟小汀忍不住得意，說著眯眼笑笑：「其他參加問道會的人，鐵定想不到這一招。不過話說回來，你們有沒有覺得，從正午開始，點數增加的速度越來越快了？」

此話不假，謝鏡辭亦有察覺。

之前的恐懼值雖然也在一直上升，但速度平緩，直到今日，突然像是陡然擴散的瘟疫，直線暴增。

雖說今天又唬了好幾群小妖入夥，但僅憑它們，絕對無法造成如此劇烈的變動，要究其原因——

「因為其他修士。」正坐著的裴渡沉聲開口：「修士們突然入侵此地，經過昨日整整一天的殺戮發酵，矛盾在今日全面爆發——妖物奔相走告，修士的惡名遍布幻境，而唯一能為它們提供庇護的，唯有我們。」

在所有人展開大屠殺的時候，只有謝鏡辭選擇了截然相反的道路。

她逆著洪流，自然也承擔起了洶湧的逆潮，將一切因果盡收囊中。

「那我們該怎麼辦？」莫霄陽很激動：「這樣一來，如果真的要保護那些小妖，我們豈不是註定會和其他修士交手？」

打架！拔劍！數不清的修真界青年才俊和獨門功法！

只要稍微想一想，就能讓他興奮到頭皮發麻！

孟小汀若有所思地覷他一眼，面無表情往謝鏡辭身邊挪了一步，下定決心要好好遠離這個戰鬥瘋子。

「應該是這樣，小汀不也說過，裴鈺很可能會來討伐所謂的『統領者』麼。」謝鏡辭同樣雙眼發亮：「我已經很久沒和他們比試了，到時候來一個打一個，來兩個打一雙，咱們可以平均分！」

孟小汀：「……」

差點忘了這也是個狠人！

不過嘛，如果對象是辭辭，那就不是「戰鬥瘋子」，而是盡情用戰鬥展現該死的魅力。別說待在她身邊，就算讓孟小汀變成謝鏡辭手裡的刀，也絕對樂滋滋，一萬個心甘情願。

她正捧著臉，想得心神蕩漾，猝不及防之時，突然聽見敲門聲。

謝鏡辭在妖族面前的表現堪稱人渣，把一眾小妖怪嚇到花容失色、完全沒有靠近她的膽量，因此，這道敲門聲就顯得格外突兀且怪異了。

孟小汀與她對視一眼，上前拉開房門。

「謝、謝小姐……謝小姐在這裡嗎？」

不是想像中的端茶送水或刻意套近乎，木門一打開，伴隨著吱呀脆響，一隻貓妖慌不擇路地竄進來。

幾乎是在一瞬間，謝鏡辭聞到了血腥味。

「您——您就是謝小姐？求您救救我們村子吧！那個男人瘋了……大家快沒命了！」

貓妖是個看上去只有十四五歲的小女孩，由於修為低下，沒能澈底化作人形，一對耳朵和尾巴格外顯眼，隨她的動作輕輕顫抖。

她害怕得厲害，白淨面頰沾染了泥漬與血汙，說話時嗓音一哽，在見到謝鏡辭的剎那便落下淚來：「求求各位……只要小姐願意出手相助，我們願獻上村子裡的所有寶貝！」

「哎呀，妳妳妳別哭！」孟小汀容易心軟，最見不得小女孩掉眼淚，見狀趕緊拿出手帕為其拭去淚滴：「咱們慢慢說，『那個男人』是誰？妳的村子又在哪兒？到底發生什麼事兒了？」

「我……」貓妖哽咽一聲，努力咬了咬牙，不讓自己的敘述被哭聲打斷，眼淚仍然不停往下掉：「昨日林子裡突然多出許多從未見過的陌生人，見妖就殺。我們村長發現不對勁，便領著大家進入地下暫時躲避禍端，沒想到——」

她狼狽地抹去淚水，脊背不停發顫：「有幾個妖覺得他小題大做，根本不聽勸告，繼續在林子裡閒逛，結果被一個男人抓住……為了活命，他、他們……」

話題進行到這裡，她再也說不下去，孟小汀心下一動，低聲接話：「他們為了活命，把你們的藏身之地告訴了那個男人，想要用你們的死，換取他們的活？」

貓妖哭得更凶，重重點頭。

大家藏身於地下密道，那個男人來得突然，劍氣震盪之下，輕描淡寫地一掃，就讓修為最高的村長口吐鮮血，再起不能。

最令她感到驚懼的是，那人並沒有直接殺死他們，而是如同看戲般立在一旁，用各種殘忍至極的手段，折磨她朝夕相處的家人與夥伴。

她嚇壞了，與幾個朋友一起，打算趁其不備迅速逃開。

當邁開雙腿的時候，耳畔是呼嘯而過的風，身後則是朋友們的哀嚎——這是他們用性命鋪出的一條生路。

她無處可去，唯一的希望，便是昨日偶然聽見的「統領者」，跌跌撞撞尋遍一個又一個聚落，才終於在此地找到了紅衣女郎的行蹤。

房間裡安靜得可怕，她咬緊牙關，不敢哭出聲音。

對方有充分的理由拒絕她。

她的村子未曾宣誓歸順，就算有，或許所謂的「庇護」從頭到尾都是謊言，不過是用來籠絡忠心的藉口。

她修為低下，只要他們在這裡不聲不響把她殺掉，統治還是會一如既往地繼續，沒有誰能戳破謊言。

……但她真的無路可走了。

「求求你們，他對孩子下手，我們已經……已經沒有辦法了。」

她的聲音越來越小。

在滿室寂靜裡，女孩聽見一串輕微的腳步聲。

一抹影子籠上頭頂，當她抬頭，透過滿眼淚光，望見紅衣女修近在咫尺的面龐。

謝鏡辭抬起手，為女孩擦去滿臉濕漉。

這位傳說中暴戾無度、喜怒無常的刀修，相貌是她從未想過的美豔昳麗。

柳葉般的眉眼烏黑如墨，被窗外流瀉的晚霞與暮色浸染出團團微光，如同一幅精心勾勒的水墨畫，安靜柔和。

俄頃，籠罩在她周身的柔意漸漸凝結，愈來愈利，愈來愈濃，好似溫軟的糖衣倏然褪去，顯出隱而不發的煞氣。

「帶我們去妳的村子。」謝鏡辭道：「那個男人……有何特徵？」

她答應了。

像被夢砸中一樣。

女孩呆了一瞬，眼淚又不受控制地湧出來：「他、他拿著把劍，穿著黑色衣服……對了，他好像把那把劍叫做『湛淵』！」

湛淵。

謝鏡辭眉心一跳，不動聲色抬了視線，極快地望了裴渡一眼。

這個名字她再熟悉不過。

名劍湛淵，曾是裴家小公子的佩劍。

也是……在那日的鬼塚裡，裴鈺從裴渡手中奪走，並據為己有的劍。

「拿劍的，那應該是個劍修囉！」莫霄陽來了興致，騰地站起身來：「即便是問道會的幻境，也不應當用折磨幼童此等低劣的手段——咱們去將他打個頭破血流吧！」

「那人的確是個低劣的混蛋。」謝鏡辭聞言笑笑，指尖觸到腰間冰冷的鬼哭刀刀柄，慢聲道：「走吧。」

幻境之外，此起彼伏的議論聲不絕於耳，交織成密密麻麻、錯綜複雜的絲線，讓人找不到源頭，只覺耳邊有如蚊子嗡嗡，心生厭煩。

「裴鈺這樣……有點過了吧？」一名五大三粗的刀修眉頭緊擰：「不但把整個村落的妖物聚起來折磨，還搶先從孩童下手，哪怕是幻境，未免太不人道。」

「這也是一種策略。」另一位樂修輕哼道：「父母最關心的自然是孩子，讓他們眼睜睜看著小孩受難，定然能產生難以想像的巨大恐懼——能想到這一層，可見他的確下了心思。」

「又不是頭一回見他這麼做，道友難道還沒習慣？更何況幻境裡其他修士，大多都在進行屠殺，只不過裴鈺實力強，殺得多些。」站在一旁的鬼修搖頭笑笑：「裴家二公子實力強橫，人盡皆知，他定是想與其他人拉大比分，趁此番問道會，把其他金丹期修士遠遠甩在腦後。」

他說著一頓，嘖嘖補充：「就現在來看，他的確成功了。」

「不說裴鈺，我如今最感興趣的，還是那所謂的『妖中之主』。」有人隨即接話：「之前有個小女孩逃了出去，你們說，她會不會去將那位請過來？」

「妖中之主？」刀修漢子斂了神色，搖頭沉聲：「就算它當真會來，哪能鬥得過裴鈺？當裴鈺擊敗它的時候，必定妖心盡散，讓他一躍成為無數妖物的夢魘——到那時候，裴鈺身上的點數，就是實打實的『一騎絕塵』了。」

「對啊。」樂修輕笑一聲：「從昨夜起，裴鈺就在四處尋找它的蹤跡，就算那女孩不將它帶來，他遲早能靠著自己找到。雖然叫什麼『妖中之主』，說白了，不過是來送點數的工具。」

此話一出，哪怕是周圍一些不認同裴鈺做法的修士，也情不自禁露出贊同之色。

要論實力，在金丹期修士裡，這位裴家二公子必然位居頭名。更何況……他手裡還拿著名劍湛淵。

不知是誰小聲說了句：「我聽說，他用的那把劍，是裴小少爺從劍塚裡帶出來的哦。」

這句話聲音很小，不消多時便被埋沒在議論聲裡。

在嘈雜中，有人驚呼一聲：「你們快看，那邊好像有動靜！」

寬大的圓鏡之上，立於最中央的，是裴家二公子健碩挺拔的身影。

裴鈺嫌棄地下太窄太暗，便將所有小妖驅趕到林中空地。

他正漫不經心地手下用力，感受充盈於鼻尖的血腥味越來越濃，猝不及防之間，聽見不遠處傳來枝葉輕動的低低響聲。

青年停下手中動作，不耐煩地抬起頭。

如今已近黃昏，天邊斜陽傾頹，映著流淌著的濃郁血色。

密林間已然罩上了幽暗夜色，順著樹葉緩緩暈開，好似傾灑的墨，同血光無聲勾纏，吞噬著所剩無幾的白晝。

林間有風匆匆而過，似嗚咽，亦如低語。

一道影子在樹叢中迅速閃過，又很快消失無蹤，不等他前去一探究竟，便聽見更多、更密集的響聲。

是幻境裡其他小妖。

這些小妖應該來自另一處聚落，有的化了人形，有的仍然保持著原型的模樣，在山間與林中探出腦袋，無一不是帶著驚恐與厭惡地盯著他瞧。

怎麼回事。

一絲困惑從心底悄然升起，裴鈺不由皺起眉頭。

要是在以往，每當他拔劍動手，周圍的小妖們無一不是四竄奔逃，哪會像此時這般……

在一旁靜候著旁觀。

他們想看什麼？難道不想逃命麼？

這個念頭在心中匆匆掠過，也正是此刻，林間妖物不約而同地動作一頓。

薄薄暮色勾勒出妖物們四散的影子，有如藏於深林中的魑魅魍魎。瀕死的太陽降下最後幾絲幽光，點亮一雙雙詭譎妖瞳，裴鈺無比清晰地看到，它們同時轉向某處。

青年心底警鈴大作，握緊手中的湛淵。

微風下的樹影翻湧如浪，似要將整片密林吞沒殆盡，血色夕陽沉甸甸地暈開，在諸多妖物的注視下，無邊幽暗之中，出現一道利刃般鋒利的影子。

視線所觸，是團火一樣的紅。

裴鈺不敢置信地睜大雙眼。

「等等，這、這誰？」幻境外的修士們瞬間炸開鍋：「這個架勢，不會真是那個妖族的『統領者』吧？不對──這怎麼像是個姑娘？六條腿六隻手呢？」

「你們覺不覺得，這人有點眼熟？」

圓鏡前默了一瞬。

「──我靠靠靠靠！！！」

短暫停滯後，終於有人驚呼出聲：「謝鏡辭，這是謝家的謝鏡辭！」

謝鏡辭？那個昏迷不醒整整一年的謝鏡辭？她什麼時候醒過來的？不對……她不是神識受了重創嗎？

滿堂譁然。

置身於問道會中的裴鈺同樣驚訝。

他在鬼域見過這臭丫頭，因此對她的出現並未感到十分奇怪，讓他百思不得其解的，是那群小妖對她的態度。

他能看出來，那是臣服。

一隻貓妖從她身後瑟瑟發抖地站出來，瞥見裴鈺身後三名妖族男子，咬牙露出憎恨之色。

謝鏡辭語氣淡淡：「就是他們出賣妳的村子？」

女孩點頭。

「哦。」她眼底黝黑，恍如深潭，聞言微微頷首，語調慵懶得像在閒聊：「廢物東西。」

話音剛落，裴鈺便感到一陣狂湧而至的刀風。

他下意識要擋，卻發覺刀風並未對著他——

還沒來得及回頭，身後就傳來撕心裂肺的痛呼，與身體重重倒地的響音。

「謝小姐。」

她不會不知道，那三個是他承諾放過的妖，如今剛來就致其於死地，無異於同他對著幹。

裴鈺知道幻境外有人圍觀，勉強露出和善微笑：「妳這是做什麼？」

「這種良心爛透的廢物，難道有不殺的理由？」謝鏡辭不帶感情地睨他，不知想起什麼，唇邊忽地勾出一抹笑：「別人死心塌地好好對他，他卻心懷鬼胎、恩將仇報，為了一己私欲，把恩人置於死地——聽起來就令人噁心，仔細一想，還是死了比較乾淨，你說呢裴二公子？」

裴鈺眼角一抽。

他不傻，能聽出謝鏡辭在罵他。

「心懷鬼胎恩將仇報」，說的分明是他陷害裴渡的那件事，奈何他不能當眾承認，只能握緊雙拳，強行壓下怒氣：「幻境而已，形勢所迫，謝小姐不必較真——不知小姐來到此地，所為何事？」

立於幽林中的紅衣女修上前一步，當她前行，漫天樹影隨之一動，有如血浪翻湧。

「我允諾過給予他們庇護，如今自是兌現諾言的時候。」謝鏡辭揚眉笑笑：「二公子，幻境而已，形勢所迫，待會兒你被殺了，不必較真。」

此話一出，幻境之外澈底炸開了鍋。

「這什麼跟什麼？我期待了好久的妖中之主……居然是個參賽者？她是怎麼做到的，太厲害了吧！」

「謝鏡辭她圖什麼？救下這些妖，變成他們的救命恩人，這樣哪能得到點數？」

「後面站著的，是不是裴家小公子？他們什麼時候成了同路人？而且她和小公子都受了重傷，按照如今的狀態，應該沒辦法打過裴鈺吧？」

最後這句話說到了點上。

無論謝鏡辭還是裴渡，哪怕曾是萬眾矚目的天才，現如今變故突生，實力定然大不如前。尤其裴渡，聽傳聞裡說，他已經連靈力都無法感知，澈底成了個廢人。

「謝小姐想要同我一戰？」青年冷聲笑笑，手中名劍傾瀉出流水般的白芒：「以謝小姐的實力，恐怕無法勝過在下。」

「不必多言。」她語氣極輕，卻帶著毫不掩飾的不屑與張揚：「來吧。」

裴鈺聽見長刀出鞘的嗡鳴聲。

對決一觸即發，感受到撲面而來的殺氣，他沒有任何猶豫地揮動手中長劍。

劍氣如刃，化作鋒利無比的罡風，刺向密林中的那團火紅。

然而謝鏡辭並未閃開。

——在劍氣擊中之前，有道白色身影倏地出現在她身前，雪華般的劍光刺破夜幕，在散開的劍氣裡，裴鈺見到一張無比熟悉的面孔。

他下意識握緊手中的湛淵劍。

「此等貨色，不必謝小姐親自動手。」少年清越的嗓音如清泉擊石：「交給我便是。」

「這是……裴小少爺？他不是修為盡失嗎？怎能如此輕易擋下這一劍？」看客中鬧成一片：「莫非……莫非他神識仍是完好？那裴鈺——」

原本一邊倒向裴鈺的局面，因他的出現，瞬間出現傾斜。

裴渡年歲小他許多，修為或許不及裴鈺高，但要論天資，毫無疑問是修真界難得一見的奇才。劍修最擅越級殺人，如今他在玄武境中修為仍存，若是拼上一拼……

或許真能將裴鈺斬於劍下。

那可是問道會一騎絕塵的頭名啊！

他們爭論得熱火朝天，沒發覺在幽暗叢林裡，謝鏡辭嘴角浮起一抹笑。

她知道自己修為受損，雖然有把握能勝過裴鈺，但想必是不怎麼好看的險勝。

幻境裡的小妖們將她視為救命稻草，一旦在對決中顯出難堪，威望必然會大大減少，這種時候，就得輪到另一個人出馬。

這是他們早就擬訂好的計畫。

裴渡，真好用啊。

一切都在預想中，謝鏡辭對他的實力一百個放心，已經迫不及待見到裴鈺被暴揍的景象，面上還是得佯裝出深不可測的模樣：「你多加小心。」

她覺得這個人設不應該是暴君。

這簡直是妥妥的高貴直銷頭子。

按照既定劇情，裴渡本該拔劍就上。

但擋在面前的修長身影忽然微微一滯，謝鏡辭見到裴渡回頭。

他眉目雋朗，方才擋下裴鈺那一劍時，周身盡是勢如破竹的煞氣，然而此刻回頭與她對上視線，眼底竟是出乎意料的溫順。

如同倒映在血泊裡的月亮，美豔而肅殺，連溫柔都驚心動魄。

纖長眼睫輕輕一顫，裴渡無聲勾起嘴角，兀地伸出手，為她攏好一縷散在側臉的黑髮。

他聲線很低，卻足夠清晰，隨著破雲而出的月色，一同降在她耳邊：「……願為小姐死。」

謝鏡辭的心臟，很沒出息地開始狂跳。

——這人幹、幹嘛突然加加加戲啊？

旋即裴渡轉身，拔劍。

腦海裡的數值，正在不斷狂飆。

一千五百零九……一千七百零一……一千九百……

劍光吞吐夜色，月色與殘陽交纏，映亮少年精緻漂亮的面龐。

自今夜起，謝小姐會成為這片幻境當之無愧的「暴君」。

他會用他的劍，讓所有妖與魔敬畏她，崇拜她。

最後心甘情願地臣服，並恐懼她。

而裴鈺，將成為滋生一切的養料。

罡風驟起之際，撩亂簇簇團團的暗影。

嵌於穹頂的殘陽幾乎被暗夜掩埋，皎月散發著幽光，將漫天血色映照得清晰可見。

空氣裡被風捲動的，是無影無蹤、卻也揮之不去的血腥氣。裴渡抬眼，望見不遠處空地上的鮮紅液體。

排山倒海般的劍意籠罩四野，裴鈺咬緊牙關沒出聲，幻境之外的看客們亦是盡數安靜下來，沉默著不敢發出聲響。

在修真界裡，關於裴家的八卦一直沒停過。

裴風南曾與青梅竹馬的李家千金喜結連理，並迎來人生中的第一個子嗣，稱得上幸福美滿、羨煞旁人。

只可惜天不遂人願，李小姐在一次大災中遇難身亡，大公子亦是孱弱非常，早早夭折。

自那之後多年，裴風南才娶了白婉為續弦，之所以收養小少爺裴渡，全因他生了張與大少爺相似的臉。

李小姐毫無疑問是裴風南的白月光，白婉嘴上不說，心裡必然難以釋懷；後來收養的裴渡又天資卓絕、一朝成名，將她兩個親兒子襯得黯淡無光。有不少修士暗地裡嚼舌根，說不但白婉，恐怕連裴明川與裴鈺也都十足不待見他。

如此一來，鬼塚裡所謂的「裴渡勾結邪魔，欲要置白婉於死地」一事，難免生出了幾分耐人尋味的意思——無論怎麼看，如今的結果都是母子三人受益頗豐。

修真界裡多的是人精，還不至於個個都是傻瓜蛋，稍稍動一動小腦袋，就能看出其中貓膩。

正是因為這其中諸多糾葛，今日裴渡與裴鈺一戰，才顯得尤為有趣。

「裴鈺已快突破金丹，裴渡畢竟年紀尚小，就算神識尚未受損，修為應該還是差了一截。」雲朝顏冷靜分析：「但論劍術，裴渡定是穩勝一籌。」

「但裴鈺也不差吧？」有人摸著下巴做思索狀：「他畢竟是裴風南親兒子，天賦總歸還是不錯。」

看客們皆是凝神看著圓鏡中的景象，並未發覺在裴鈺的鏡前，有個女人眸色漸深，手暗暗捏緊成拳。

此人正是白婉。

她對裴鈺存了一百個放心，打定主意認為，自己實力超強的兒子仍能贏得此次魁首。因此她親自來到此地，駐足於鏡前，享受旁人的無盡羨豔與誇讚。

一切本應該有條不紊進行的。

什麼「有其母必有其子」、「夫人教導有方」、「當之無愧的少年英才」，那些環繞在周身的話讓她情不自禁揚起嘴角，卻毫無徵兆地在這一刻，變成滿地碎渣。

沒有人再關注裴鈺。

她能零星聽到的幾句,都在驚訝謝鏡辭竟是那位「妖中之主」,稱她不走尋常路,讓人大開眼界。

——可殺掉了那麼多魔物的人,本應是她兒子不是嗎?那臭丫頭不過是個可笑的跳梁小丑,整天玩一些裝神弄鬼的小把戲,她何德何能,才能搶走裴鈺身上的注意?

謝鏡辭的法子一出,生生把裴鈺襯托成了個暴虐無道、嗜殺成性的惡棍。

白婉氣得腦子發懵。

不過她還能扳回一城。

只要裴鈺贏下這一戰……只要他能贏,裴渡就能在眾人跟前顏面盡失,淪為被家族掃地出門、實力不濟的廢物。

那不過是個被撿來的可憐蟲,螢火怎可與日月爭輝。

她對裴鈺有信心。

白婉深吸一口氣,仰面望向圓鏡。

裴鈺再度揮劍。

他對裴渡的實力心知肚明,萬萬不敢大意輕敵,因而每一次進攻,都用了最大的力氣。

四下湧動的狂風忽地變了方向,如同受到某種力道牽引,緩緩向青年身側聚攏。

當他驟然出劍，彙聚而來的氣流有如利刃出鞘，裹挾著重重殺意，向不遠處的白衣少年襲去。

裴渡身形未變，靜靜凝視著狂湧如龍的劍氣劍光，手中長劍隱約一動。

這是謝疏贈予他的劍。

人盡皆知劍尊獨寵雲夫人，在用劍一事上，亦是從一而終，不屑給其他佩劍任何眼神。

因此謝家並未藏有多麼上好的寶劍，謝疏得知他湛淵被奪、問道會又迫在眉睫，便向鑄劍的友人要來一把利器。

雖稱不上神兵，但也足夠。

——足夠讓他了結裴鈺。

有風掠過鋒利的劍尖，引出一聲幽響。

如同平地起驚風，裴渡身形一動。

他身法極快，腳步輕如踏雪，迅速朝青年靠近，向來溫和的眸子彷彿浸了濃郁漆黑的墨，暈出惹人心驚的決意。

長劍彼此相撞，傳來金石轟鳴般的聲響。

裴鈺快要招架不住這一劍裡潛藏的靈力，心中陡然一驚，怒氣更甚：「喪家之犬，想殺我？如今的你也配！」

他絕不會輸。

他是裴家家主的親生兒子，從出生起，就繼承了常人望塵莫及的天賦與實力，像裴渡這種無父無母、寄人籬下的孤兒，怎麼能匹敵。

更何況……他還有湛淵。

原本屬於裴渡的神劍湛淵，哪怕在劍塚認了主，不也還是被他奪了過來。他有修為護體、神兵加身，湛淵劍無往不勝，裴渡拿什麼贏？

——他絕對不可能輸！

裴渡出劍的速度越來越快。

他斂了笑意，目光比天邊清月更冷。饒是在幻境外看熱鬧的修士們也能一眼看出，裴二少爺快要支撐不住。

太快了。

他的劍法變幻莫測，每一個招式都嫻熟至極，裴鈺剛匆忙接下上一招，下一道劍風已然落下。

青年節節後退，身上被劍氣劃開數道狼狽不堪的傷口，眼底盡是猩紅血絲。

他怎麼可能會輸。

像裴渡這種出身低賤的臭小子，分明只能——

暈染開的夜色裡，隨著疾風捲起，響起宛如龍鳴的悠長劍鳴。

裴鈺見到白衣少年安靜的黑眸，與他被晚風撩起的一縷碎髮。

以及飛濺而起的殷紅血跡。

四下了無聲息，劍擊的脆響、越發急促的呼吸、心臟的狂跳，在這一刹那，融進虛無長夜裡。

他被刺中了。

他設想過自己會輸，但從未想到，竟是以如此狼狽、毫無還手之力的方式迎來慘敗。之前的囂張與方才對比，像個打臉啪啪響的笑話。

他明明是高不可攀的裴家血脈，明明……拿著絕不可能落敗的湛淵。

……怎麼會這樣？

不只他，幻境之外的圍觀群眾同樣目瞪口呆，對這個結果始料未及。偌大的廳內，寂靜一瞬。

「我的天吶——」圍在謝鏡辭與裴渡鏡前的修士裡，刹那間爆發一聲大笑：「裴渡贏了！強，太強了！這才過去幾個瞬息！越級殺人誠不欺我，絕妙啊！」

這道聲音如同一粒火星，落在死寂無聲的草垛裡，立刻點燃滔天熱浪。

「太快了太快了，方才發生了什麼？我一點兒也沒看清！」

「絕！武器和修為樣樣不如人，他是怎麼做到處處壓上裴鈺一頭的？」

「贏了贏了！這次問道會的頭名有著落了！」

他們這邊熱火朝天好不熱鬧，反觀裴鈺的鏡前，安靜得與死寂無異。

「這個，白夫人……」站在白婉身側的修士小心翼翼地看她一眼，試探地開口：「勝敗乃兵家常事，那個，說不定……」

他話沒說完，就被白婉滿目戾氣嚇了一跳，乖乖閉嘴不再出聲。

氣壓低沉得可怕，衣裝華貴的美豔婦人暗自攥緊雙拳，指甲深深陷進皮肉。

那混帳小子……

縱使她有百般怨氣，也不可能在此地發洩，只得硬生生把怒火咽回心底，對身旁侍女冷聲道：「走。」

婦人離去的背影冷硬如劍，不消多時，便消失在所有人的視野裡。

修士們面面相覷，半晌，爆出噗嗤一聲情不自禁的笑，以及另一道豪情萬丈的吼聲。

「裴渡厲害，謝小姐厲害——！」

「欸欸欸，這面鏡子怎麼慢慢開始黑了？」

「笨，裴鈺快死了，還能看到什麼東西？咱們換陣地啊！謝鏡辭到底是怎麼在妖族稱王稱霸的？無敵啊！」

裴鈺的確快死了。

那一劍正中他胸口，凜冽靈力層層爆開，撕裂他的血肉與筋脈。

玄武境畢竟只是幻境，在這裡死去，只會讓神識被強行踢出。

直到現在，眼看自己的身體與劍一點點變得透明，他還是不願接受現實。

裴渡拿著把不知名的劍，居高臨下地看著他。

這道注視極為短暫，彷彿他是隻不值得給予眼神的螻蟻，很快，那道白色的影子倏地轉身。

裴渡想去謝鏡辭身邊。

沒想到一轉頭，就見她已經來到自己身邊。

少年微微頷首，顯出臣服順從的姿態：「謝小姐。」

「二少爺這把劍，真是漂亮。」謝鏡辭語氣淡淡，絲毫不掩飾眼底的嘲弄：「這偷來的東西，用著應該不怎麼順手吧？」

一想到幻境外還有無數人圍觀，裴鈺氣到渾身顫慄，奈何傷口疼得厲害，讓他連一句話都說不出來。

「神兵利器固然好，但劍畢竟是死物，用得如何，還得看執劍的人——廢物哪能發揮寶劍的價值啊，你說呢？」

她說罷移開視線，不再去看他一眼，目光一轉，落在不遠處滿是血泊的空地上。

無論對象是妖是魔，裴鈺的屠殺毫不留情。

鮮血凝成了蜿蜒而下的小河，在夜色中顯得尤為詭譎幽異。在血泊中央，平躺著一隻正在瑟瑟發抖的兔子，腿上血肉模糊。

林風微動，身著紅衣的女修輕邁腳步，緩緩上前。

她身姿纖細婀娜，柳葉般細長的眼中幽光閃爍，攜著刀鋒般的冷意，行於夜色中，猶如一團不期而至的火。

謝鏡辭俯身，輕柔地將他攬入懷中，拭去眼角濕濡。

『當前數值：五千零四……五千一百……五千五百……』

東南西北各個方位，接連襲來源源不絕的妖風。

越來越多妖物聞風而來，散發著幽光的妖瞳好似一簇簇驟然亮起的火，點亮山林。

裴鈺屠殺無數，早就成為這片土地上令所有妖物聞風喪膽的煞神，如今卻被裴渡斬於劍下。

這份恐懼，澈底轉移到他們一行人身上──

「惡人已除，諸位不必再怕。」

明豔貌美的少女輕聲笑笑，手中撫摸著白兔頭頂，悠適且柔和。

她動作溫順，語氣淡淡，卻於無形中生出高不可攀的凜意，末了眸光一旋：「還請諸位好好記住今日之事，既已歸順，便不要生出二心。」

『當前數值：五千八百……六千六百零一……八千四百五十二……』

謝鏡辭揚眉：「對他所做的事，我能對在場任何一位十倍百倍做出來──明白麼？」

今夜月明星稀，密林之中，黑黝黝的樹影宛如孤島，泛起青煙似的薄霧。夜意無聲漫流，響起樹木枝葉響動的聲音。

謝鏡辭身前，無數幽光從樹上躍下，心甘情願地俯身：「——明白。」

「啊啊啊真是太舒爽了！」孟小汀一進院子，就立刻卸下臉上冷冰冰的假面，興奮得滿院亂晃：「裴鈺倒地那一瞬間的表情真是——讓我渾身上下淤積的濁氣全都噗一下散掉了！」

這時硝煙盡散，裴鈺滿腔悲憤地告別了他的夢想大舞臺，村落裡的小妖念及一行人奔波勞累，特地準備了上好客房，供謝鏡辭等人歇息。

莫霄陽同樣兩眼放光：「謝小姐的那番說辭真是讓我五體投地、自愧不如，雖然知道小姐其實並非那種性格，但見到那時的景象，我還是起了一身的雞皮疙瘩。」

「對對對！超帥氣的！」孟小汀一邊說，一邊開開心心把腦袋往她脖子上蹭：「辭辭，妳現在有多少點數了？」

謝鏡辭：「九千出頭。問道會一共三日，等結束的時候，應該能破萬，也不知道其他人情況如何。」

「尋常人哪能積累到一萬？」孟小汀得意地哼哼一聲：「他們大多使用殺戮的手段，想掙到這麼高的數值，恐怕把幻境裡的妖魔殺光都不夠。而且裴鈺應該是問道會裡的最強戰力，他被淘汰出局，我們就算穩贏了。」

一行人白日四處奔走，入夜又解決了裴鈺這個大麻煩，這會兒正是最疲憊的時候，於是閒聊幾句後，便各自入了院落裡的房屋。

夜間寒涼，裴渡早早上了床，還未來得及熄燈，忽然聽見敲門聲。

他心下微動，猜出門外來人的身分，下床拉開木門，果然見到謝鏡辭皎月般明豔白皙的臉。

離開那群妖族後，她褪去不可一世的暴戾與冷淡，變回同往日一樣輕笑著的模樣，柳葉眼稍稍一彎：「不打算請我進來坐一坐？」

裴渡沒出聲，側身為她讓出一條道路，半晌，才低聲問她：「謝小姐來此，所為何事？」

「我來找你，一定是有事相告？」謝鏡辭熟稔地坐上桌前木凳，腦袋一晃，撐著腮幫子看他：「不能只是想同你說說話嗎？」

她用著半開玩笑的語氣。

裴渡雖然聽出這句話裡的調侃，耳根卻還是悄悄一熱。

她真是過分，說得漫不經心，全然不在意，自己這種無心撩撥會對他造成怎樣的後果。

裴渡半垂了眼，坐在木桌對面。

「我之所以來呢，是想要誇誇你。」謝鏡辭笑：「若不是有你在，事情不會像現在這樣順利。之前當著那麼多小妖的面不便開口……總之謝謝啦。一年沒見，你用劍比以往更得心應手，比裴鈺強多了。」

她說話向來不做遮掩，最愛打直球，末了朝他眨眨眼睛：「這次的寒明花我們一定能拿到，你就是修真界最厲害的劍道天才，背靠修真界最龐大的家族，別在意裴鈺的豬話，他在你面前就是個廢物。」

她還記得……當初在拔劍之際，裴鈺說他是喪家之犬，不配與他相鬥。

其實他並不習慣旁人的道謝與誇讚。

在裴家，所有人都默認他為練劍而生，無論多麼努力，都只能得來裴風南一句淡淡的「行」；在學宮裡，大家亦是把他的一切看作理所當然。

就連他也習慣了……把這一切看作理所當然。

唯有謝小姐不一樣。

她願意誇誇他。

裴渡微低了頭，抿唇應她：「嗯。」

「還有啊，湛淵是你的劍對吧。」說起湛淵劍，謝鏡辭生出些許氣惱，下意識蹙起眉：「若不是玄武境是假像，我當場就把他手裡的劍奪過來了。都說劍修愛劍如愛妻子，他搶你老婆，這能忍嗎？」

——裴鈺膽敢搶走謝小姐？

裴渡指節一緊，頭一回帶著點孩子氣地回答：「不能。」

他的語氣委屈又正經，彷彿當真經歷了奪妻之痛，謝鏡辭聽得噗嗤一笑，也學著裴渡的模樣正色道：「對啊！所以來日方長，我們定要把它奪回來。你老婆就得是你的！」

湛淵身為裴渡的本命劍，聽說當時在劍塚得來時，費了一番功夫。

要把它拱手讓給裴鈺，簡直比吃蒼蠅更讓她噁心。

她義憤填膺，一旁的裴渡卻不知怎地低了頭，雖然薄唇微抿，卻還是能看出嘴角揚起的笑意。

謝鏡辭稍稍湊近了點。

少女清凌悅耳的嗓音猝不及防貼近，當她開口，裴渡隱隱感受到溫度：「你別動。」

猝不及防聽見這道聲音，他很聽話地頓住身形，茫然地對上謝鏡辭的目光。

床頭的燭火明滅不定，悠悠一晃。

他們坐在木桌兩頭，桌面並不寬敞，她不過是稍微湊近一些，就已經近在咫尺。

裴渡不明白她的用意，只能感覺到屬於謝小姐的視線流連於側臉之上，如同擁有實體，每個輕撫與轉折都激得他脊背一麻。

「我突然發現，」她說著嘴角一彎，「裴渡，你笑起來有酒窩欸。」

……酒窩。

裴渡茫然眨眼，聽她有些失望地繼續道：「啊，沒有了。」

他退去笑意，酒窩自然消失不見。

謝小姐……對它很感興趣嗎？

這個念頭匆匆閃過，不等裴渡做出回應，忽然見她用手撐起側臉，略微偏了頭，一雙漆黑明麗的眼如月牙半勾，被燭光映出點點亮色。

「裴渡。」

「嗯？」

「今日你拔劍的時候，真讓我震撼到窒息。天哪，世界上怎麼會有如此清絕出塵、劍術無匹的男人！每個動作都令我忍不住想要尖叫，我想向整個修真界，不，整個世界宣布，裴渡就是最帥氣最優秀最厲害的劍修！」

她第一句話剛出口的時候，裴渡就意識到了不對勁，發出徒勞無功的反抗：「謝小姐，請……請不要取笑我。」

但這仍然無法阻止他陡然紅了臉，情難自抑地低下頭，勾唇輕笑。

「這哪裡是取笑？」謝鏡辭陰謀得逞，極其得意，見狀毫無預兆地抬手，找準他右臉上微微凹陷的酒窩，飛快戳了戳：「這叫計策。」

軟軟涼涼，奇妙的手感。

坐在對面的少年兀地僵住。

「我很少見到有人有酒窩，一直很想摸一摸。」她心情似乎不錯：「之前從沒發現，一定是因為你很少對我笑的緣故。」

不過真是奇怪，她和裴渡認識了這麼久，居然從頭到尾都沒察覺到嗎？

裴渡不知在想什麼，抿著唇沒出聲。

他突然之間不再說話，謝鏡辭莫名有點慌。

「你不喜歡被戳那裡？」她試探性小心道：「好啦，我之前的那段話全是肺腑之言，裴渡就是我心裡的劍修第一名，誰都比不上，真的真的。」

「謝小姐一直想……試試那裡？」裴渡有些遲疑地回應。

他猶豫好一會兒，怎麼也不好意思直接說出那個「摸」字，便尋了個相近意思的字詞代替，很快聽見她不答反問：「怎麼了？」

少年放在木桌上的指尖一動。

四下寂靜，連風聲都聽不到，將他的嗓音襯得格外清晰。

裴渡胸口像在被火燒，強忍下頭腦裡蔓延的熱氣，沉聲問她：「還想……試一試嗎？」

謝鏡辭沒做多想：「嗯嗯！」

答完了，才終於意識到不對勁。

——等等等等，再、再試一試？裴渡他是什麼意思？

這回輪到謝鏡辭愣了神。

她呆呆的模樣可謂絕無僅有，裴渡被逗得揚唇輕笑，見她仍然沒有動作，低聲喚了句：

「謝小姐。」

聲音很低，帶著溫溫柔柔的、縱容的笑意。

謝鏡辭只覺得大腦轟地一下爆開。

緊接著下一瞬，手腕上便覆下一層冰涼的柔意。

裴渡抓住她的手。

謝鏡辭覺得她快死掉了。

少年的手指修長、骨節分明，與之相比，她的右手顯得小小一團，彷彿沒生骨頭般。

燭光下少年人的面龐清朗如白玉，不知是映了燭光還是什麼，暈開濃濃的緋紅。

在學宮裡，裴渡是出了名的禁欲疏離，恐怕無論誰都想不到，他竟會有像這般長睫輕顫、隱忍而侷促的時候。

裴渡的手指輕輕發抖。

指尖觸碰到酒窩時，謝鏡辭整個腦袋都是懵。

「謝小姐。」他說：「……它很快就會消失。」

這是在叫她抓緊時間。

也解釋他為何會抓住她的手，牽引般往上帶。

房間裡再次陷入寂靜，裴渡聽見自己劇烈的心跳。

他聽她喜歡，便想毫無保留地送給她，直到此刻才後知後覺，這個舉動實在過於唐突，於是只能倉促鬆開抓著她的那隻手，在心裡做好了被謝小姐指責的準備。

放在側臉上的手指沒有移開。

有股柔柔的力道，在他臉上戳了戳，旋即輕輕一揉。

像是揉在心臟上。

謝鏡辭：「……還不錯啦，手感。」

——該死，她為什麼會緊張到說出倒裝句啊！

謝鏡辭腦子裡一團漿糊，很快便與裴渡道了別。

待她離開之後，在幻境外的圓鏡裡，終於顯現出裴渡房內的情形——每次她與裴渡單獨相處，系統都會出來作妖，謝鏡辭擔心在眾人眼皮子底下社會性死亡，乾脆從一進屋便關了此地的影像。

「為什麼每次辭辭和小渡在一起，都要特地把畫面隱藏？」謝疏抓狂：「這樣豈不是欲蓋彌彰，就算他倆沒做什麼，其他人也會覺得做了什麼啊！」

「哦哦哦總算看到了！」他身側的樂修抬眼張望：「只有裴公子在，謝小姐已經回房了。」

畫面裡的裴渡正獨自坐在桌前，不知思索何事，值得注意的是，少年臉上殘留著淺淺的紅。

他坐了好一會兒，忽地低頭拿出儲物袋，伴隨白光一現，在裴渡手中多了件白色外衫。

人群裡有人適時開口：「這外衫，似乎是之前謝小姐曾穿過的——」

他來不及說完，就嘴角一抽。

不久前還殺意滿身、銳不可擋的少年劍修將白衣捧在手心，自嘴角浮起一絲笑意，旋即略微低下頭去，小心翼翼碰了碰。

……噫。

一名女修不忍地捂住嘴：「裴公子從未參加過問道會，他不會……不知道有人在外邊看吧？」

而且還有這麼多人。

因為他斬殺裴鈺的那一劍，全場已有六成的看客挪了窩，來到他與謝鏡辭的鏡前。

「這這這，」有人一個勁地嘖嘖嘖，「我是特地來觀摩劍道的，怎麼偏偏讓我看到這種東西——造孽喲！」

雲朝顏：「……」

謝疏：「咳。夫人，這事兒……等小渡出來，咱們該不該告訴他？」

問道會的最後一日，即便謝鏡辭足不出戶，暫停了滿幻境跑業務和兢兢業業發展下線，面板上收穫的恐懼數值還是蹭蹭蹭往上飛漲，沒有停下來過。

感謝工具人裴鈺的無私奉獻，讓她和裴渡成功上位取而代之，成為試煉場妖魔皆知的大魔頭。

藉著諸多妖魔的口耳相傳，裴鈺被斬殺的消息迅速傳遍幻境南北，不但引得越來越多的小妖怪心生敬畏，也點燃其他參賽修士的情緒。

在問道會開始的時候，即便聽聞謝鏡辭與裴渡入了場，但幾乎沒有人在意過他們。

曾經聞名修真界的天才又如何，隕落之後，恐怕連最普通的低階弟子都比不上，待問道會結束，公布排名的那一刻，只會為這兩人徒增尷尬。

結果裴渡他把金丹期裡的最強戰力……幾劍幹掉了?

近日來風頭大盛的「妖中之主」……還是謝鏡辭?

這兩人是在搞什麼人間迷惑行為?

與其他祕境試煉大不相同，問道會玩得開，允許修士們私鬥搏殺。

大多數人聽聞裴渡輕而易舉幹掉裴二少爺，連跟他碰面見上的念頭都不敢有;少數幾個心高氣傲的前來尋他比試，無一不被打得落花流水，堪比肉包子打狗，有去無回。

久而久之，就再也沒人敢接近他了。

「我覺得，你們還真有點暴君和妖妃那味兒了。」一夥人靠著觀賞裴渡的對決取樂，生生過出了奢靡腐敗的狗皇帝狀態。孟小汀美滋滋吃著瓜子，一針見血:「拼命打江山的妖妃，和拼命吃軟飯的暴君。」

謝鏡辭很不服氣：「我給妳一個重新說話的機會。」

一旁的莫霄陽做思索狀：「謝小姐這哪能叫『吃軟飯』，我覺得妳用詞很不當。」

對吧對吧！這才是明眼人啊！

謝鏡辭聞言雙眼發亮，只想朝他豎大拇指。

不成想這傢伙摸一摸下巴，用斬釘截鐵的語氣沉吟道：「這分明是軟飯硬吃啊。就是那種，雖然我吃軟飯，但我跟其他吃軟飯的人完全不一樣，吃出水準吃出風采，吃出了硬氣的鐵骨錚錚。」

「妙哉妙哉！」孟小汀笑得合不攏嘴：「莫公子真是學富五車、別具慧眼，佩服佩服。」

莫霄陽趕忙回應：「哪裡，孟小姐才是冰雪聰明、博學多才。」

「不及莫公子才高八斗。」

「孟小姐斗、斗大如牛！」

「斗大如牛——莫霄陽你牛頭馬面！」

於是這兩人開始了成語接龍，殺得那叫一個你來我往，兩眼腥紅，從小到大沒遇過這樣棋逢對手的時候。

直到問道會結束，兩位文學大師已經輪迴了兩百八十一遍的「為所欲為」。

按照同往年一樣的規則，當大比宣告終結之際，會在最大的圓鏡上，依次顯示各個修士得到的點數與排名。

謝鏡辭的第一幾乎是板上釘釘，沒跑的事，如今眾人關注的，在於她究竟攬獲了多少分數。

「我聽修士交流，說殺死一隻魔獸，能得到五到十的恐懼點。謝鏡辭去了這麼多聚落，雖然沒拔刀見過幾次血，但兩三千絕對沒問題吧？」

「兩三千？老兄，她不但在去過的村子裡掙足了存在感，如今整個幻境都在傳——我賭八千。」

前一人倒吸一口冷氣：「八千？她就算把見過的妖魔全殺光，也遠遠不到這個數目吧！」

「你們別急呀。」有女修輕笑一聲：「問道榜……這不是來了麼。」

隨著她話音落下，碩大圓鏡之上，倏然迸發出皎月般瑩然奪目的亮光。

光華如水，傾淌在漫無邊際的純白色空間，如同薄紗被掀開、有人在鏡面輕輕落筆，自圓鏡最下方起，逐漸顯出雋永清麗的字跡。

問道會的排名榜，是由最末寫起。

在場有人與個別參賽者熟識，亦有家人朋友前來助威，這會兒輪到放榜的節骨眼，幾家歡喜幾家愁。

末尾的修士們多是幾十幾百，隨著字跡漸多，越往上，名字後面跟著的數值也就越大。

第三名的高仲伯來自劍宗，與裴鈺的路數一樣，同樣是人擋殺人佛擋殺佛的殺神，自打進入幻境開始，手裡的劍就沒停過。

原本有人還在猜測，以他的實力，或許能和謝鏡辭用髒套路贏來的點數拼上一拼，沒想到居然只排上了第三，連裴渡都比不上。

高仲伯的數值是五千六百零一。

旋即筆墨再動，行雲流水勾寫出所有人心知肚明的二字名姓。

在裴渡之後，是一板一眼的八千六百。

人群裡傳來一聲語氣複雜的喟嘆：「我的老天。」

八千。

他在幻境裡認認真真扮演著謝鏡辭的利劍，說白了，相當於對她忠心耿耿的貼身侍衛。

謝鏡辭本人鮮少出手，小妖們不清楚她的真正實力，只能透過裴渡心甘情願臣服的態度，認定她比這位殺伐果決的少年劍修更強。

他拿到八千，那主導一切的謝鏡辭本人……

圓鏡光華更盛，筆墨暗湧。

那行居於最上方的名姓被寫得肆意瀟灑，有如潛龍出海，一覽眾山小，穩穩壓了其他字跡一頭。

「我的天——」在陡然降臨的沉默中，不知是誰啞聲低喃：「這是怎麼做到的？問道會莫不是統計出錯了？」

「這能出錯嗎?」他身旁的漢子猛地一拍他肩頭:「這叫厲害!」

不過短短一瞬。

驚呼聲、道賀聲與七嘴八舌的交談聲炸成一片,如同雨夜中勢不可擋的滔天巨浪,將整個空間填得滿滿當當。

放眼望去,偌大圓鏡之上,赫然立著一行端端正正的字。

——謝鏡辭:一萬兩千四百八十七。

碾壓其他修士幾十倍,誰看了不得說一聲厲害。

正因為此,當謝鏡辭從幻境裡出來時,被聞訊而來的八卦群眾圍了個水泄不通。

她向來厭煩這種的景象,尤其耳邊還充斥著嘰里呱啦的雜音,本打算立刻退出玄武境,卻聽見腦袋裡系統的叮咚一響。

這句話並不難,非常符合暴君氣質,除了有點中二,沒什麼太大問題。

他們這會兒剛結束幻境,還存了點暴君與妖妃的餘熱,就算被她講出來,也能解釋為一句不經意的玩笑。

對她來說,小問題啦。

謝鏡辭匆匆瞥了臺詞一眼,像所有霸道君王那樣酷酷一笑。

謝鏡辭邪魅狂狷:「愛妃快看,這就是你為我打下的江山!」

謝鏡辭:「……」

她很明顯感受到身旁裴渡一愣，而孟小汀和莫霄陽不約而同發出噗嗤輕笑。

謝鏡辭耳根發熱，強忍著把系統爆捶的衝動：「我需要一個合理的解釋。」

『這、這個人設，這個說臺詞，雖然有劇本，但也不能違心啊。』系統語氣正經：『妳憑良心說吧，這江山是妳打下的嗎？我已經對妳很不錯了，就說這軟飯吃得硬不硬吧。』

謝鏡辭：你滾啊！

贏了問道會，謝鏡辭很開心，她爹她娘更開心。

謝疏恨不得在腦門貼一張紙條，上書五個大字：謝鏡辭她爹。

雲朝顏同樣高興，一改平日的女魔頭做派，等謝鏡辭、裴渡與莫霄陽從玄武境出來，便立刻拿出珍藏多年的酒，在庭院的涼亭裡供眾人品嘗。

「此酒名為『清心』，香醇而不易醉人，是我與妳爹的最愛。」雲朝顏一一斟酒，眼底含笑：「既已取得寒明花，待明日藥王谷的醫聖前來，小渡的筋脈便能補全。」

謝疏瞇著眼睛笑：「小渡劍骨天成，將來定能成為修真界首屈一指的大能。不過平日裡除了練劍，其他方面也得努力加把勁才成——做人呢，總得不留遺憾嘛。」

這句話意有所指，裴渡卻難以琢磨透澈，只得乖乖點頭：「多謝劍尊與夫人。」

或許是他的錯覺，可不知為何，自打離開玄武境，這兩位長輩看他的神色……就不太對勁了。

進入問道會前，他們的目光雖然稱得上慈愛，但裴渡分得清楚，那不過是對小輩自然而然的照拂，可如今——

謝劍尊看著他時笑意不止，彷彿下一瞬間就會將他一口吞入腹中，咬碎吃掉。是因為謝小姐把問道會裡的事情盡數告知，劍尊與夫人覺得他還不算太差嗎？

雲朝顏亦是勾著唇：「小渡喝過酒嗎？」

「嗯。」

他不想讓自己像個沒怎麼喝過酒的呆瓜，應聲時舉起酒杯，豪邁地大口一飲。

然後無法抑制地瘋狂咳嗽。

雲朝顏少有地笑出了聲：「這酒味濃，得慢慢來喝，你不用——咳，不用這麼努力。」

這人真是好呆。

謝鏡辭慢悠悠抿了口酒。

此酒雖然名為「清心」，味道卻與「清」字沾不上一點關係，濃郁的酒香在入口瞬間四散而起，好似狂風駭浪，吞噬味蕾。

在喝酒這件事上，她留了一萬個心眼。

古今上下，無論是話本還是其他世界裡的小說，但凡涉及了情感線，都很難逃脫一個魔咒。

名為「醉酒魔咒」。

酒是個好東西，在男女主角的感情進程中，更是充當了威力巨大的催化劑。什麼醉酒抱抱啦，醉酒親親啦，醉酒床床啦，一旦喝醉酒，孤男寡女什麼事都幹得出來。

她酒品一向不錯，就算酒後神志不清，也幹不出什麼驚世駭俗傷天害理的大事，奈何在謝鏡辭腦子裡，蝸居著一個名為「系統」的東西。

一旦這玩意兒趁她醉酒，突然蹦出奇奇怪怪的任務，她乖乖照做，說不準還會加油添醋——那謝鏡辭寧願死掉。

問道會於午夜結束，他們喝完酒，自然也就入了後半夜。

雲朝顏所言不假，清心不易醉人，等眾人道別回房之時，除了莫霄陽和裴渡有些微醺，其餘人面色如常。

「不過喝了酒，總歸是有些不便的。」謝疏朗聲笑道：「正好小渡與辭辭的臥房離得不遠，乾脆順道送她一程，如何？」

謝鏡辭狐疑地看他一眼。

就裴渡那副模樣，顯然不如她，要說護送回房，那也是她對裴渡。

雲朝顏亦是笑：「對對，陽陽似乎也有點暈，我和妳爹陪他回房，你們二人快去歇息吧。」

她總覺得這兩人不太對勁，可她沒有證據。

謝疏和雲朝顏滿面含笑地離開，一邊走，一邊同莫霄陽談論修真界與鬼域的名酒名菜，那叫一個一家三口其樂融融。

謝鏡辭有些無奈地抬眼，瞧一瞧身側立著的頎長影子：「沒醉吧？」

裴渡立刻應聲：「嗯。」

謝府極大，涼亭與小道仿江南園林。竹樹環合的影子有如幽深潭水，隨風在地面輕輕晃蕩，步入其中，彷彿見到映著月色的水光。

這次參加問道會，不但為裴渡得來藥草，還爆捶了裴鈺的狗頭一頓，可謂一舉兩得。至於裴二少爺消失前瞪得老大的圓眼睛，能讓人半夜笑醒。

謝鏡辭心情不錯，腳步輕快地走了一陣子，才突然意識過來：不對，無論是藥草還是裴鈺，那都是與裴渡的事，同她無關，她這麼開心做什麼？

這個念頭閃過的剎那，她聽見系統哼笑一聲。

它笑出聲時總沒好事，謝鏡辭心感不妙。

事實證明，她的第六感是正確的。

『位元面發生波動，系統……呲……人物設定陷入混亂。』

『叮咚！恭喜宿主成功進入新位面，當前人設：Alpha 霸道總裁。』

Alpha。

阿。爾。法。

謝鏡辭澈底裂開。

『她，是整個帝國最邪魅張揚的Alpha，操縱著常人無法想像的龐大商業帝國。天涼就讓王氏集團破產，是她每個季度必定打卡的指標；眼底閃過一絲冷洌／熾熱／嘲弄的光，一路火光帶閃電，是她身為霹靂貝貝的榮耀。當她遇上他，一個如金絲雀般被囚禁的Omega，為所有愛執著的痛，為所有恨執著的傷，當悲傷逆流成河，愛與不愛，他們該何去何從？』

兩個極端歹毒的人設重疊於一身，真是好歹毒的劇情。

Alpha與Omega的設定算不上大眾，大致意思是每個人體內蘊藏著獨特的費洛蒙，她的Alpha屬於強攻一方，Omega則是被動的一派。

後者極易敏感，需要透過所謂「標記」，也就是被咬脖子後方的腺體得到舒解。

通俗來說，就是一有空閒就要啃鴨脖。

謝鏡辭：「……」

謝鏡辭深吸一口氣。

再深吸一口氣：「您不覺得，您有點叛逆過頭了嗎？」

她好累，這啃鴨脖的霹靂貝貝，誰愛當誰當。

系統：『我也無法控制啊嚶。』

隨著它話音漸落，霸道女總裁的第一句臺詞，也浮現在謝鏡辭腦海之中。

謝鏡辭再度裂開。

不。

不不不不不，這絕對不可以。三更半夜對著裴渡做出這種事，她還能算人嗎？

絕對不行！

裴渡察覺到她的怔忪，略微側頭：「謝小姐怎麼了？」

在沉鬱夜色中，少女清潤的眼眸格外明亮。

謝小姐兀地停下腳步，抬頭定定地注視著他。

她的目光直白，裴渡沒由來地心頭發緊，被這樣一望，耳後便生了熱意。

謝鏡辭沒說話，朝他靠近一步。

裴渡下意識後退。

這樣的反覆拉鋸並未持續太久，當他後退到第三步時，身後出現一堵牆。

少年修長的身形被月色映在牆面，不過轉瞬，又覆上另一道纖細的影子，旋即是「啪」的一聲輕響。

謝鏡辭右手上抬，手掌按在他頸旁的石牆上。

謝鏡辭想掉眼淚。

這正是霸道總裁必備的經典姿勢，壁咚。然而裴渡身量太高，她此刻的動作毫無威懾力，反而像在擦牆或是小學生上課舉手發言。

這壁咚，太失敗了。

她已經沒臉再見裴渡了。

「謝、謝小姐。」他聲音拘謹，嘗試把她往外推了推：「妳喝醉了？這樣……不合禮數。」

她才沒喝醉，她只不過是——

等等。

謝鏡辭心下一動。

接下來的劇本驚悚至極，倘若保持清醒狀態，裴渡一定會認為她是個不折不扣的女流氓。

但喝醉酒後，就是截然不同的故事了！

無論發生什麼，她都可以把鍋全盤推給酒精，在裴渡看來，她充其量不過是酒品無敵差勁。

壓死駱駝的最後一根稻草，終究沒能落下來。

謝鏡辭強忍著拔刀砍人的衝動，雙眼失去焦聚：「我好像……喝醉了。」

「謝小姐，我送妳回房。」她的反應在裴渡意料之中，少年毫不猶豫地信了，脊背仍是僵硬，試圖將她推開一些：「還請小姐……把手鬆開。」

這個辦法超有效！

謝鏡辭心頭暗喜，咬了咬牙，乾脆一股腦豁出去。

「鬆開？」裴渡聽見謝小姐輕笑一聲：「小咦惹喵嗷，不想要你的臨時標記了麼？」

救命。

為了不讓裴渡聽清「小野貓」這句太過羞恥的臺詞，謝鏡辭覺得她現在講話像念佛經。

裴渡果然露出了茫然的神色。

對不起。

她在心裡痛哭流涕，裴渡，接下來的事，對不起。

他尚未來得及開口問詢，忽然見到謝小姐伸出左手搭上他的後頸，整個人向上跳了跳。

像是沒搆著什麼東西，又跳了跳。

最後她失去耐心，左手稍一用力往下壓，讓他向下低了腦袋。

「謝──」

裴渡只來得及說出一個字，剩下的話便被謝鏡辭堵在喉嚨裡。

她口吻強硬，不容反駁：「別動。」

裴渡的雙眼驟然睜大。

他能感受到謝小姐逐漸貼近。

直到與他的側頸只剩下毫釐之距。

溫熱的吐息掠過皮膚，從側頸升起，如同漫開的水流，一點點往後溢。

氣息所經之處，是電流般的酥與癢，裴渡被她按在牆頭，一時忘了呼吸，壓在石牆上的雙手暗暗用力，指節泛白。

他動都不敢動，在心裡暗罵自己實在無恥。

謝小姐醉了，神識不清。即便她態度強硬，三番兩次阻止他逃離，但倘若他是個正人君子，理應抵死不從，用靈力把她敲暈，再扛進房裡好好歇息。

可他不是。

如今表面看來，雖是謝小姐穩穩壓他一頭，實則卻是裴渡占了她的便宜，他對此心知肚明。

她清醒時遙不可及，只能貪戀這片刻迷醉，他實在卑劣至極，無可救藥。

腦海裡紛亂的思緒冗雜不堪，裴渡身形忽地怔住。

不再是流連的熱氣，在他後頸處，驟然貼上一道柔軟的實感。

很難形容那一刻的感受，絲絲縷縷的吐息勾纏於頸側。

而那陌生的觸感好似天邊的雲朵，綿軟得不可思議，於後頸極為迅捷地一碰，然後像花瓣那樣張開。

取而代之的，是堅硬的齒。

他隱隱明白了，謝小姐接下來會做的事。

牙齒咬上皮膚，帶來尖銳的痛。

謝鏡辭並未用力，牙齒不過微微向內裡一陷。

如一顆石子墜入沉寂許久的深潭，緊隨其後的，是更為洶湧猛烈的狂風。裴渡指尖用力下按，思緒被攪亂成七零八落的碎屑，在狂風巨浪中無所適從，隨心臟一同瘋狂顫動。

他聽見謝小姐的呼吸聲。

在夜色裡一點點淌入他耳中，裹挾著令他驟然升溫的……微不可查的水聲。

哪怕在夢裡，裴渡都未曾見過這樣的場景與動作。

同樣飽受折磨的，還有謝鏡辭。

天道不是想讓她加班，而是鐵了心地要讓她去死。

比起強行咬了裴渡的脖子，更讓她感到悚然的一點是，自己居然覺得這種感覺還不錯。

少年身上沾了醇香清雅的酒氣，當她更貼近一些，便能嗅到雨後竹樹的清香。

用唇齒碰一碰，則是她未曾料想過的綿軟細膩。

她有罪，她可恥。

她的腦子一定被僵屍吃掉大半，澈底髒掉了——

不過沒關係，至少如今在裴渡眼裡，她是一隻酒醉的蝴蝶。

觸碰點到即止，當謝鏡辭微微一動，把牙齒從他後頸鬆開，能清晰感覺到裴渡鬆了口氣。

但他的身體仍舊緊緊繃住，像根筆直的竹。

……謝小姐鬆開了。

裴渡暗暗下定決心，倘若謝小姐再做出更進一步的動作，他便毫不猶豫打暈她。

無論如何，他不能在這種時候折辱了她。

她動作很輕，雖然離開了後頸，卻還是保持著極近的距離，腦袋退到一半，就兀地停下。

謝小姐的嘴唇幾乎貼在他耳廓上。

她一定見到了他耳朵上火一般的通紅，張開雙唇之際，吐出的氣息讓他起了滿背雞皮疙瘩。

裴渡努力控制，不讓自己顫抖得太過明顯，呼吸聲卻越來越沉。

他聽見謝鏡辭的聲音，帶著迷糊的笑意，因醉酒神志不清，尾音悠悠拖長，如同一根長長的線，自他耳畔連進心底。

她道：「小一……凹雞英……喜歡嗎？」

隨著最後一個字念出，這段歹毒的戲碼終於宣告終結。

謝鏡辭很不合時宜地想，裴渡的耳朵好紅。

——廢話啊！她現在絕對肯定以及百分百確定，她全身紅得像是水煮蝦啊！一個「小妖精」被她念得像在說泰國話，她真的盡力了啊！

萬幸終於結束了。

她這隻蝴蝶終於可以毫無負擔地歸巢了。

至於明日應該作何解釋，把鍋推給醉酒便是。

她只是朵渾渾噩噩什麼都記不起來的小白花，這件事天知地知她知裴渡知，只要謝鏡辭不記得，就算沒發生過。

絕妙！

她差點就要為自己天才的腦袋鼓掌慶祝，正要抽身離開，突然聽見裴渡的聲音。

因為她側著臉貼近對方耳朵，因此從裴渡的視角看來，謝鏡辭的耳朵同樣距離他格外近。

他的聲音有些喑啞，冷不防地響起時，宛如平地起驚雷，順著薄薄一層皮膚和血管，重重砸進她骨頭裡。

謝鏡辭頭皮都是麻的，來不及喘息，就被他吐出的熱氣衝撞得渾身沒了力氣。

裴渡似是有些無奈，開口時攜著極淺的笑音，喉音沉沉，盡是能令人發軟的縱容與寵溺。

他沒做出任何逾矩的動作，亦未順勢靠近她，少年修長的身形站在原地一動也不動，近乎於耳語地對她說：「……喜歡。」

第十章　雲京夢

在凜冬的深夜裡，涼意沁入骨髓。

周遭皆是寒涼冷意，裴渡卻不由自主感到渾身滾燙。

若有似無的酒香勾連著月光，他眼前所見，是姑娘暈著淺粉色的耳朵。

如今的謝小姐，應當是醉了酒的。

待到明日，她便不會記得今夜發生的一切，哪怕存了隱隱約約的印象，他也能裝出茫然的模樣，一本正經地告訴她，那都是醉酒後生出的幻夢。

這是他微小的心機。

只有在這種時候，裴渡才能壯著膽子講出真心話。他喜歡謝小姐靠近，喜歡她輕輕觸碰他時的香氣與熱度……也喜歡她。

他覺得自己像個瘋子。

那句「喜歡」實屬意亂情迷、脫口而出，向來循規蹈矩的少年劍修很快斂了神色，語氣溫和：「謝小姐，回房歇息吧。」

謝鏡辭仍然處在大腦僵直的狀態。

她開始很認真地思考，自己是不是假戲真做醉了酒，才會莫名其妙幻聽。

但如果是裴渡那樣的性格……或許他只是被她纏得心煩，為了儘快安撫撒酒瘋的醉鬼，所以才順勢敷衍性地回答。

應該、應該只是這樣吧？

——不然裴渡究竟是出於怎樣的心態，才會喜歡被她啃脖子啊！他又不是鴨脖精！

她腦子裡亂成一團，耳邊，裴渡又低聲開口：「謝小姐還醉著嗎？」

該死。

他的聲音平日裡乾淨清越，這會兒卻突然壓成了沉緩的低音，猝不及防在她耳朵旁邊響起時，堪比突然爆開的電流。

謝鏡辭從來不知道，原來僅僅聽到一個人的聲音，就能讓整具身體又軟又麻，倏地沒了力氣。

她狼狽地後退一步，期間沒有忘記自己已經喝醉的設定，腦袋一晃，向左邊一個趔趄。

這個裝模作樣的小動作，幅度並不算大。

謝鏡辭在眾多小世界裡艱苦求生，早就練就了一身絕佳演技，本打算挪個小碎步讓自己站直，卻察覺右肩上多了層綿軟的熱度。

裴渡擔心她會摔倒，伸手攬過她後背，虛虛扶住。

謝鏡辭：「……」

「謝小姐。」他問：「還能走嗎？」

如果她說不能，大概會被裴渡以拖著、抬著、托舉著或旋轉著的各種姿勢帶回房間——在修真界裡，她從沒見過哪個劍修用公主抱，按照慣例，大家通常都用扛。

於是謝鏡辭半闔了雙眼，鼓起腮幫子：「唔……唔嗯唔嗯。」

她如今這副模樣一定挺搞笑。

否則裴渡也不會輕咳一下，抿唇微笑。

扶在右肩上的手掌沒有鬆開。

裴渡的力道輕卻穩，謝鏡辭後背靠著他的手臂，偶爾佯裝步伐不穩的模樣，都被他牢牢固住身形。

這種感覺居然意料之外地不錯。

不用擔心跌倒，也不必在乎步伐，無論她速度是快是慢、身體如何搖搖晃晃，身旁的人始終保持著與她相同的步調，手掌溫溫發熱，任由謝鏡辭胡來一通。

她得到支撐，走出了跳大神般的放肆狂野，一邊走，一邊心情很好地哼起小調，見裴渡的嘴角始終沒下來過，瞇眼覷他：「你幹嘛一直笑？」

裴渡有些倉促地眨了眨眼。

府邸的小路上高高亮著長明燈，輕紗般往他面上一籠，連纖長如小扇的眼睫都清晰可辨。

他眼底笑意未退，被她直勾勾一望，像是被察覺了見不得人的小心思，憑空生出幾分茫然與侷促。

這份侷促並未持續太久。

「醉酒後的謝小姐，」裴渡目光微垂，久違地對上她的視線，「很可愛。」

謝鏡辭兩眼一瞪，聽出這句話的言外之意：「難道我沒有喝醉，就……就很討人厭？」

他聞言怔了一下，沒有反駁。

果然被她看穿了！都說酒後吐真言，裴渡心裡的小算盤終於藏不住了！她平日裡對裴渡不算太差，結果這小子是個白眼狼！

醉意在腦子裡打轉，把思緒醺得有些模糊，謝鏡辭敲敲腦袋，被突如其來的一縷清風吹得瞇起雙眼。

按在肩頭的手掌突然微微用力。

她被這股力道驚了一瞬，毫無防備地，耳邊傳來熟悉的清潤嗓音：「……不是。」

謝鏡辭一時間沒反應過來，循著聲音仰起頭，在傾瀉而下的月光裡，望見裴渡漆黑的眼睛。

他鮮少如此直白地與她對視，瞳仁裡盛著微弱的清輝，隨目光悠悠一蕩，映著眼底散不去的緋紅，如同春夜清幽，一朵桃花落入無邊深潭。

與這樣的目光對視，很難不覺得心頭發軟。

「不只醉酒的時候。」裴渡喉音發澀，隱隱攜著笑意，隨明月清風緩緩落在她耳中：

「謝小姐所有模樣……都很可愛。」

這分明是從他口中講出來的話，裴渡卻搶先一步移開視線，不敢再看她的眼睛。

謝鏡辭看見上下滾動的喉結。

他的臉突然變得好紅，連脖子都成了淺淺的薄粉色。

她又不知怎地踉蹌一下，被裴渡更加用力地扶住。下意識地，謝鏡辭摸了摸自己的臉。

好燙。

謝鏡辭的臥房距離涼亭不算太遠，裴渡故作鎮定與她道了別。

待房門閉合、他轉身離去，渾身僵硬的少年終於略微低了頭，抬手撫上側臉。

他居然對謝小姐……說出那樣不加掩飾的話。

伸手攬上她的肩頭也是，如果謝小姐意識清醒，定會覺得他猛浪。

萬幸她喝醉了酒。

裴渡暗自下定決心，無論明日謝小姐來質問他何事，他的答案都只有九個字。

沒發生，是幻覺，妳醉了。

沒錯，她醉了。

皎皎月色下，年輕的劍修低垂長睫，抿了薄唇無聲輕笑。

這個無懈可擊的理由，謝小姐一定不會懷疑。

所幸到了第二日，謝鏡辭並未詢問他任何與昨夜有關的事情。

她能做出將他抵在牆角、咬住後頸的舉動，想必喝得爛醉如泥，忘卻那一樁樁不合邏輯的糊塗事，並不怎麼奇怪。

問道會告一段落，接下來最重要的事，便是為他補全筋脈。

謝家勢力龐大，與修真界諸位大能皆有往來，此番助裴渡療傷，請來了藥王谷赫赫有名的醫聖藺缺。

「補脈不是件容易的事，尤其你全身筋脈盡斷，估計得狠狠遭上一通罪。」

藺缺是個看起來吊兒郎當的年輕男人，倘若論起真實年齡，是裴渡的幾十倍。

此人隨意瀟灑，不拘束繁文縟節，見到他這個小輩，嘴角勾起一抹意味深長的笑：「問道會那幾日，我也觀摩過。裴公子不愧是年輕一輩中的劍術第一人，與裴鈺之戰精彩至極。」

他不知想到什麼，實在沒憋住，發出輕笑。

裴渡察覺到不對勁：「前輩怎會知曉……我與裴鈺的那一戰？」

後知後覺意識到其中存在的貓膩，他聽見自己狂起的心跳。

「小渡啊，有件事兒……我和夫人商量了一番，還是決定告訴你。」

謝疏向來欣賞這個同樣用劍的少年天才，對其很上心。

補脈事關重大，他實在放心不下，便乾脆一直候在床前，見狀低聲打破沉默，語氣小心翼翼：「你一定要做好心理準備。」

裴渡心跳更猛。

謝劍尊的語氣算不上好，甚至含著擔憂，不用細想也能明白，接下來說起的事情於他百害而無一利。

他在心裡迅速列出清單：補脈很可能失敗、他無法恢復得與往日相同、以及……自己已經配不上與謝小姐的婚約，等補脈結束，謝家仁至義盡之時，就不得不離開雲京。

尤其最後一個。

他最不願發生，卻也最有可能。

然而謝疏並未提及，只是試探性問了句：「你還記得問道會嗎？」

當然記得。

接下來談起的內容應該與婚約無關，裴渡暗暗鬆了口氣。

他不懂對方提及此事的用意，只能茫然點頭：「記得。問道會……有什麼貓膩嗎？」

謝疏與藺缺對視一眼。

後者很有醫者風範：「你先做好心理準備，保持血脈順暢。」

裴渡還是點頭。

經過鬼塚一事，他的心性得到了極大錘煉，只要不涉及婚約，無論遇上多大的變故，都能坦然接受。

他原本是這麼想的。

然而當謝劍尊的嗓音再度傳進耳中，莫說點頭，裴渡連心跳都險些停下。

青年嗓音低沉，帶著謹慎與拘謹，化作殺人於無形的惡魔低語，沉甸甸咬在他耳膜上。

謝疏道：「你恐怕有所不知，問道會乃是神識所築的幻境，因而與其他法會不同，在外邊……能看見幻境裡所有人的一舉一動。」

他頓了頓，擔心對方抓不住重點，清了清喉嚨：「所以吧，那個，你能懂吧，有些事情，不少人都看到了——比如那天晚上啊，衣服啊，咳。」

那麼一瞬間，世界陷入寂靜。

藺缺不忍直視，惆悵地挪開目光。

謝疏滿心心疼，本想上前安慰幾句，但又不知如何說起，只能眼睜睜看著小渡呆呆坐在床頭，長睫微微顫。

可憐的孩子。

謝疏在心裡為他抹一把眼淚。

……全被看到了。

尚未褪色的景象浮上心頭，裴渡怔怔地想，那天夜裡，他都幹了什麼？

他抱起謝小姐穿過的外衫，還用鼻尖碰了碰。

裴渡：「……」

少年白淨清雋的臉頰猛然騰起洶湧潮紅色，謝疏看見他滿身僵直地低下頭，骨節分明的右手下意識攥緊床單，又無力地鬆開。

如果不是他和藺缺兩個外人待在這兒，裴渡大概會整個人縮進被子裡，把自己裹成球。

「其實也還、還好啦。」他嘗試出言安慰：「畢竟大家都知道你們訂了婚約，未婚夫妻嘛，親近一點又如何，很正常的。」

藺缺亦是點頭：「對對對，大家都懂。我們除了嘿嘿笑，不會有任何反應。」

等被謝疏拿胳膊抵了抵，又立刻改口：「笑也沒有！沒有人笑，真的。」

謝疏當場下了結論，這是個腦子不靈光的廢物。

坐在床上的裴渡還是沒抬頭，從他通紅的鼻尖來看，應該成了隻水煮蝦。

「謝小姐……」他聲音很低，帶著慌亂與忐忑，似是害怕聽到答案，說得格外緩慢：「謝小姐她，知道那件事嗎？」

這是個轉機！

謝疏馬上回答：「你放心，她什麼都不知道！我敢打包票，在謝府裡，沒人會大嘴巴告訴她。」

他總算是明白了。

這孩子看上去油鹽不進，其實對他寶貝女兒生了不一般的心思，偏偏這種心思就算全修真界都知道了，也不能讓她知曉。

他還以為，像裴渡這樣聲名斐然的少年天才，會毫不猶豫對心儀的小姑娘表明心意——

當初謝疏追雲朝顏，鬧得整個修真界每天都在看戲，更有好事者閒來無聊，為他轟轟烈烈的追求之路出了本小冊。

結果裴渡這樣悶著，算什麼啊。

「小渡啊。」謝劍尊藏不住話：「你若是對辭辭有意，大可直接告訴她。你一表人才、修為出眾，我與夫人亦是對你頗為滿意，絕不會有任何阻礙。」

裴渡的聲音很悶。

他終於抬起頭，眼底竟浮出淺淡笑意，在與謝疏對視的瞬間，輕輕開口：「我怕……嚇著她。」

修為、身分、父母之命媒妁之言，一切沒有太大差錯。

唯有一處生了紕漏。

謝小姐並不在意他。

想來他實在自私，明知謝小姐並未有情愫，卻還是不願死心，以這種曖昧不清的身分陪在她身邊。

只要日復一日陪著她，一點點對她好，慢慢向她靠近……說不定某一天，謝小姐也會走向他。

裴渡願意等。

謝疏撓頭，沒說話。

他聽說過裴渡在裴家的境遇，養父冷漠，養母針對，要不是天生劍骨，恐怕連丫鬟小廝的日子都不如。

更何況，裴渡在進入裴家之前的身分——

從小到大的境遇，讓他不可能像所有鮮衣怒馬、肆意張揚的少年人那樣，毫無顧忌地大膽爭取。

他只能竭盡所能靠近她。

「好啦好啦，不管怎樣，都得先把身體治好。」藺缺懶懶打了個哈欠：「裴小道友，謝小姐特地為你奪來的寒明花，可不能浪費。」

補脈是個技術活，敢接下擔子的，全是很有兩把刷子的醫修。

等裴渡褪去衣物，銀針的白光閃現。

劍修的身體大多高挑健碩，他年紀尚小，仍存著少年人纖細的稚感，肌肉紋理流暢漂亮，並不會顯得太過突兀。

銀針起，磅礴如海的靈力絲絲入骨。

裴渡眉目雋永，略微闔著眼眸，長睫映著銀針乍起的白光，毫無血色的面上，罩下一層陰影。

翩翩少年，衣衫褪盡，這本是賞心悅目的畫面，殊不知內裡暗潮湧動、險象環生。

饒是見多識廣的謝疏，也忍不住蹙起眉頭。

裴渡的身體經脈盡斷不說，還遍布陳年舊傷與新增的裂痕，聽聞裴風南家法甚嚴、懲處不斷，看來並不有假。

銀針所過之處，靈力如潮似浪。雖有清涼和緩的氣息在筋脈間徐徐遊走，但更多的，還是撕心裂肺、宛如剔骨般的劇痛。

裴渡死死咬牙沒出聲，手攥緊被褥，指甲幾乎陷進血肉。

他必須挺過去。

只有挺過這一關……才能重新得到站在她身旁的資格。

鑽心刺骨的痛意席捲全身，大腦彷彿快要裂開，好在他早就習慣了獨自忍耐疼痛，無論是練劍失誤遭到嚴懲，還是在對決中受傷。

即便只有他一個人，裴渡也能咬著牙挺過去。

在漫無止境、彷彿沒有盡頭的劇痛裡，他隱約聽見敲門聲。

這道聲音並非幻覺，因為在短暫的停滯後，一旁的謝疏轉身離去，旋即響起木門被拉開的「吱呀」響。

裴渡似乎聽見謝小姐的聲音。

……她是來詢問他的情況嗎？

他褪了衣衫，女子不便進屋，很快木門聲再度響起，應是謝前輩關了房門。

耳畔是漸近的腳步聲。

謝前輩修為高深，走路很少發出響音，此時卻步伐急促，朝床邊走來。

裴渡竭力睜開雙眼，被窗外的陽光刺得皺了眉，視線尚未變得清晰，就聽見謝疏低低道了聲：「小渡。」

有什麼東西被小心翼翼塞進他手上。

毛絨絨，軟綿綿，殘留的餘溫流連於掌心，裴渡下意識一握。

「這是鏡辭送來的小物。」謝疏道：「她說你若是疼得厲害，儘管抓著它便是。她與霄陽不便進屋，就由它代替他們兩人陪著你。」

被指甲刺入的手心隱隱生痛，當觸碰到那團綿軟絨毛時，柔軟的觸感彷彿浸入每一條血脈，宛如清溪，濯洗沉積的痛楚、孤獨與暴戾。

裴渡垂眸，聽見心臟猛然跳動的聲音。

他手中，正握著一個毛茸茸的玩具。

一隻呆呆傻傻的白鵝，正睜著黑溜溜的眼睛望著他。

在白鵝頭頂，還用貼著一張紙：『等你一起逛雲京。』

大呆鵝。

其實裴渡早就習慣了。

習慣寄人籬下，一個人忍受孤獨，習慣自卑地仰望，也習慣獨自捱過所有苦痛，不發出任何聲音。

但此時此刻，在望不到頭的黑暗與荊棘裡，觸碰到這份從未有過的溫柔，裴渡還是沒由來的眼眶發熱。

這是他傾慕了很久很久的姑娘。

在他最落魄與不堪的時候……謝小姐願意陪在他身邊。

當初鬼塚血霧漫天、殺伐四起，只有她一步步靠近，來到他身旁。

因為遇見她，他不再是孤零零的一個人。

修長的手指落於玩偶上，少年靜默無聲，任由碎髮低垂，撫過蒼白側臉。

他眼眶沁著桃花般的薄紅，幾乎要被痛楚撕裂，眼底隱現水霧，卻溢出一抹笑。

能喜歡謝小姐，真是太好了。

補脈步驟繁瑣冗雜，謝鏡辭與莫霄陽在外面無所事事，乾脆坐在一旁的涼亭裡，和雲朝顏玩起了飛行棋。

這盤飛行棋由謝鏡辭手工自製，雖然做得簡陋粗糙，但還是成功吸引了莫霄陽的興趣。

他身為鬼域土著，充其量只聽說過圍棋、象棋、五子棋，哪知曉這樣清新脫俗的遊戲，一時間玩得不亦樂乎，喜上眉梢。

雲朝顏亦是頗感新奇，女魔頭在棋盤上依舊是個吃人不吐骨頭的女魔頭，硬生生把飛行棋玩出了決鬥廝殺的風采，殺得那叫一個酣暢淋漓。

等謝疏推門而出，已是三個時辰之後。

「補完了？」

謝鏡辭剛吃掉莫霄陽一枚棋子，送它原地回家，聽見木門被推開的「吱呀」響，在後者扭曲成痛苦面具的注視下抬起腦袋。

謝疏點頭，豎起食指放在唇上，做了個噤聲的手勢：「一切順利。他睡著了，你們小點聲。」

雲朝顏雖然戀戰，但好歹是個德高望重的前輩，聞言停了手頭動作，淡聲問道：「我們能進去看看他嗎？」

不知道是不是錯覺，謝鏡辭總覺得她爹瞥了她一下。

結果自然是毫無阻礙地進了屋。

裴渡的臥房素雅乾淨，燃有定神舒心用的安魂香，香氣與白煙絲絲嫋嫋，被暖融融的陽光一照，生出些許夢境般的朦朧感。

透著白濛濛的光暈看去，見到平躺在床鋪上的人。

謝鏡辭終於明白，她爹為何會向她投來那道不明不白的視線了。

裴渡的五官本就生得俊美雋秀，這會兒安安靜靜閉著雙眼，面色雖是蒼白，卻被日影襯出柔和溫潤、如玉般的暖意。

薄汗未褪，凝在額前，墨髮好似散開的絲綢，傾瀉在枕邊。

他胸口處的被褥下像是放著某樣東西，突起圓鼓鼓的一團。

謝鏡辭隱隱猜出那是什麼。

她心裡藏不住事，見狀伸手輕輕一掀，被褥被撩起時灌進一股冷氣，惹得裴渡長睫微顫。

他懷裡緊緊抱著個長脖子的白鵝玩偶。

俊雅少年，芝蘭玉樹，與這種樸素且尋常的玩具絲毫沾不上邊，但裴渡極為用力，抓著白鵝的手指發白。

這明明是再幼稚不過的景象，謝鏡辭卻心口一動。

「補脈對體力消耗巨大，今日便讓他好生歇息吧。」謝疏傳音入密道：「至於你們逛雲京的計畫，推遲到明日便是。」

「逛雲京？我可聽說，近日的雲京城裡不怎麼太平。」一旁的藺缺收好銀針，嘴角勾起懶散的笑：「各位小友離開謝府，記得多加防備。」

謝鏡辭昏睡了一年，剛醒便馬不停蹄去了鬼域，對雲京城的事一概不知。

雲京歷來戒備森嚴，加上修為高超的大能眾多，鮮少有人敢在此地放肆。風平浪靜這麼多年，她還是頭一回在這裡聽見「不太平」三個字，當即起了好奇心：「發生什麼事了嗎？」

「不是多麼了不得的大事，妳莫要聽他大驚小怪。」謝疏應得很快：「雲京城裡，接二連三有人無緣由陷入昏睡。監察司雖然已經著手調查，但似乎沒查出什麼貓膩。」

監察司，即雲京城的治安機構。

雲京這地方夜不閉戶路不拾遺，監察司吃了不知道多少年白飯，大多數時候忙活的是鄰里之間雞毛蒜皮的小事。

對付慣了小蟲子，此時突然遇上一隻凶相畢露的老虎，難免會有不適應。

「我對此事有些興趣，特地問過相關的消息。」藺缺笑了笑：「最有意思的一點是，那些人無緣無故暈倒後，竟像是做了恐怖至極的噩夢，即便昏睡不醒，面上還是會露出驚懼之色，更有甚者，在沉眠時掉了眼淚。」

莫霄陽聽得入神，低低「哇」了一聲：「出事的人很多嗎？」

「不算太多，零星十多個，都是修為薄弱的煉氣築基，彼此間從未有過接觸。」藺缺聳肩：「不過嘛，好端端的人走在街上，冷不防昏睡在地，這事兒實在蹊蹺，一傳十十傳百，已經鬧得不少人不敢出門。」

謝鏡辭摸摸下巴：「是中毒嗎？」

「不像。」眉目舒朗的醫者淺笑搖頭：「我此次來謝府之前，曾拜訪過一名昏睡者，在他身上並未發現毒素的痕跡……依我看來，應該是識海出了問題。」

他說著一頓，眉間微蹙，露出稍顯苦惱的神色：「只可惜在下學識淺薄，這樣的情況聞所未聞，看不出那究竟是何祕術。」

祕術。

既是術法，就必定有人在幕後操縱。

謝鏡辭想不通。

讓他人陷入噩夢纏身的沉眠，除了復仇，似乎想不出還能出於什麼理由。但倘若真是為了報復，受害者們理應有過某種交集，又怎會從未接觸過？

「謝小姐不必擔心。」藺缺頷首笑笑：「出事的人大多修為低下，想必幕後凶手實力並不太強。以妳與莫小道友的修為，很難被人侵入識海，不可能發生意外——無論如何，凶手都不會找到你們頭上來。」

最後那句話雖是寬慰，但謝鏡辭總有種錯覺，彷彿他說的每個字都成了一把必死 flag，跟不要錢一樣往她身上插。

……不過細細一想，無論幕後之人是為復仇還是尋釁滋事，這件事的確與她關係不大，無論如何，都是八竿子打不著。

裴渡的修為得以恢復，接下來需要被放在頭一位的，是孟小汀。

日光從窗外傾灑而下，滿堂光華之間，謝鏡辭的眸底卻是晦暗如淵，不動聲色地指尖一動。

她沒有忘記系統說過，孟小汀會在一月之內死去。

算上她在鬼域和問道會的這段時日，距離一個月的期限……已經沒剩多久了。

雲京之遊被推遲一日，莫霄陽好不容易熬到第二天，一大清早便精神百倍起了床，滿心歡喜地候在庭院間。

謝鏡辭如約來到約定地點時，正撞上他向裴渡噓寒問暖，儼然一個為孩子操碎了心的老父親。

「裴公子身體可有不適？近日越來越冷，你記得多穿衣多加被，補脈是大事，千萬別留下什麼後遺症——你還疼不疼？能自己走路嗎？要不要我來扶？」

這人話匣子一打開，就怎麼也收不住，裴渡居然沒表現出任何不耐煩，而是溫聲應答：「多謝莫道友。藺前輩技藝高超，我已——」

他話沒說完，許是聽見謝鏡辭的腳步，抬眸與她四目相對。

裴渡移開視線：「謝小姐。」

「我已與小汀約定好，她會在琳琅坊等著我們。」謝鏡辭並未在意他的微小動作，仰起下巴笑笑：「走吧，我帶你們去逛雲京。」

莫霄陽：「好耶！」

白日的雲京城不似夜裡燈光旖旎、華燈處處，朗朗朝陽一照，延伸出蛛網般蜿蜒細密的街巷。

長街兩側酒館茶樓、商鋪作坊遍布，或是白牆黑瓦，或是木閣高聳，飛翹的簷角似一隻隻展翅欲飛的鳥，被微風裡的商鋪招旗輕輕一遮，又很快探出腦袋。

放眼望去行人不絕，叫賣聲串連成錯綜長線，從街頭穿梭到巷尾，沒有間斷的時候。

這可比地處偏僻的蕪城熱鬧數倍，莫霄陽眼裡的光一直沒停過。

謝鏡辭放心不下孟小汀，自昨夜便開始思索能致使她身死的所有可能性，奈何想破了腦袋，也想不出以孟小汀的身分與脾性，能引來何種殺身之禍。

如今的雲京城一派祥和，如果不是天降意外，莫非她的死……會與那幾起離奇昏睡的懸案有關？

系統曾斬釘截鐵地告知過，絕不能告訴其他人有關系統與穿越的事，無論如何，她都必須緊緊看著孟小汀。

謝鏡辭的思緒被打斷。

臨近約定見面的琳琅坊，還沒見到孟小汀的影子，便有一道似曾相識的嗓音傳進耳朵：

「孟小姐來琳琅坊，就妳儲物袋裡的那點靈石，能買得起嗎？」

令人厭惡的、高高在上的語氣。

謝鏡辭眉頭一擰，從細思中抽身而出，甫一抬眼，望見幾道並肩而立的背影。

雲京世家雲集，雖然世家族大多講究清心潛修，但一鍋粥裡總有那麼幾粒壞米，尤其是這種稻穀頗豐的沃土之地，多的是自以為高人一等的公子哥和大小姐。

「今日怎麼只有妳一個人，謝鏡辭呢？」

那群人背對她，不知道謝鏡辭已然立於琳琅坊外；孟小汀個子不高，被幾人圍住，見不到她的身影。

幾人一唱一和，上一句話堪堪落下，便有下一人立刻接話：「謝鏡辭去鬼域不也沒帶著她？聽說她從鬼域帶回了裴渡和另一個修為不低的劍修，人以群分物以類聚嘛，人總是要往高處爬，交朋友也是一樣啦。」

「虧妳在她出事的那段日子死命維護她，還跟我們打了幾架……可惜可惜，到頭來竹籃打水一場空哦。」

「不過話說回來，孟小姐的錢還夠嗎？我聽說孟家主母苛扣妳不少靈石，畢竟不是親生的嘛——妳瞪我做什麼？我不過是實話實說。」

站在中央的少年懶懶一笑，正是少年成名的陸家少爺陸應霖：「不過像妳這樣也好，日子太順利，只會覺得無聊。我每日躺在床上都在想，哪怕不靠父母，單憑我的天賦和修為，人生一眼就能望到頭，簡直沒有奔頭。」

孟小汀被氣笑了，嗓音很冷：「我在等人，你們如果沒別的事情，就請回吧。」

莫霄陽從他們的對話裡勉強聽出些端倪，乍一聽見孟小汀的聲音，心底生出幾分驚異。

在他對這姑娘為數不多的印象裡，孟小汀向來性子極軟，最愛黏糊糊地倚在謝鏡辭身邊。

那群人的言語實在過分，他原以為按她的性格，會被說得當場掉眼淚。

不過……「不是親生」又是怎麼一回事？

雲京大族好複雜，好難懂。

他還沒把所有邏輯關係捋清，就聽見身側的謝小姐發出一聲冷笑。

「陸公子的確天賦過人、修為絕世，實乃一劍開山，所有修士望而興嘆，自愧弗如，假以時日定能一步登天，橫掃修真界。」

謝鏡辭嗓音清冷，即便在嘈雜市井響起，仍如珠落玉盤，吸引所有人的注意力。

她絲毫不掩飾語氣裡的嘲諷，一邊說一邊向前幾步，從幾人之間穿過，站在孟小汀身旁：「陸公子之所以能抵達此等境界，的確未曾倚靠父母，全憑自己努力——」

「努力把臉皮築得這麼厚，在琳琅坊當眾吹牛。」

幾個圍觀的小廝噗嗤笑出聲。

陸應霖的臉紅一陣白一陣，雖然聽出了這段話裡的諷刺，奈何滿心想說的話憋在口中，卻一個字也吐不出來。

他也算半個天賦異稟的英才，然而和謝鏡辭相比，就顯得不怎麼夠看。

當著她的面吹噓自己修為，即便被陰陽怪氣嘲弄一番，陸應霖也不得不承認，他的確無話可說。

「我真是想不通，怎會有人放著好好的修煉不管，特地來扯些雞毛蒜皮的小事。莫非是在比試裡被打得滿地找牙、自尊全無，所以打算靠小嘴叭叭來找存在感？」

他顏面全無，偏偏謝鏡辭還在繼續說：「至於我和小汀好得很，不勞煩各位瞎操心。但凡把這些心思挪出一點在修煉上——」

她說著一頓，目光冷冷地掃過面前幾人：「陳小姐，妳學宮年末測評合格了嗎？宋公子，你能通關人人都能過的試煉塔第十層了嗎？還有陸公子，陸家符法可要好好學，別再被你爹抓著揍了。」

陸應霖險些被氣到心梗。

「怎麼，難道我們說得不對嗎？」被她點名的陳小姐不服氣：「孟小汀的事兒，整個學宮都知道。既然大家都這麼說，那我們偶爾提上一嘴，又有什麼錯？」

「哦。」謝鏡辭仰頭往外看一眼：「裴渡，你知道嗎？」

白衣少年一怔，旋即搖頭。

打臉就在一瞬間，陳家小姐的臉色怎一個爛字了得。

「還有，什麼叫『既然大家都這麼說』。」她完全占了上風，語調不急不慢，甚至很有禮貌地笑了一下：「莫非到了清明節，你們這群團結友愛的好夥伴，還要跟著風潮去團購買墓地啊？」

陸應霖氣急：「謝鏡辭，妳不要太過分！」

孟小汀樂不可支，朝他做鬼臉。

「所以呢？」謝鏡辭雙手環抱，好整以暇：「打吧，諸位打不過我；說理吧，一旦鬧到爹娘那邊去——啊，沒記錯的話，是你們當眾挑釁在先吧？天哪，倘若各位伯父伯母見到你們如此刻薄的模樣，他們會怎麼想？多傷心，多幻滅，說不定還得領著你們向孟家道歉，多沒面子啊。」

一夥人被嗆得啞口無言，過了半晌，終於有人咬牙切齒道了聲：「謝鏡辭，妳他○。」

「我的老天。」默默觀賞完整場巔峰對決，莫霄陽的嘴幾乎能塞下一個雞蛋，克制住當場鼓掌的念頭，對身旁的裴渡小聲道：「謝小姐不僅刀法厲害，沒想到口才更是一絕，強，太強了！」

陸應霖一夥人罵罵咧咧地走了。

「辭辭！」孟小汀好好得意了一把，咧著嘴環住她的脖子：「英雄救美！太酷了！」

「頭一回聽見有人說自己是『美』。」謝鏡辭任由她左右晃蕩，戳戳她的腦門：「我還沒醒來的時候，妳和他們打過架？」

「誰讓那些人說妳永遠醒不過來。」孟小汀得意哼哼：「我就把他們狠狠教訓了一頓。」

以她算不得高的修為，加之又勢單力薄，恐怕是被狠狠教訓的那一方。

謝鏡辭眸光微動，心緒如潮，摸摸她的腦袋：「走吧。妳想先去哪兒？」

孟小汀：「觀星臺！」

若是旅人來雲京，在不可不去的觀景聖地裡，定然會有觀星臺。觀星臺位於雲京北面的群山上，途經漫長雲梯，行至終點俯視而下，能望見大城的繁華盛景。

謝鏡辭走在最前面，仍在思考孟小汀的死訊，一直沒說太多話；莫霄陽看出她神色不對，悄悄道：「謝小姐不會在想，應該如何報復方才那幾人吧？」

「不會啦，她沒那麼錙銖必較。」孟小汀噗嗤一笑：「而且這種事很常見啦——因為我，辭辭和那群人吵起來。」

莫霄陽一呆：「為什麼？」

他說話時常不經大腦，等出口才反應過來，這或許涉及不宜言說的身世糾葛，正打算轉移話題，耳邊竟傳來孟小汀的聲音：「我是私生女嘛。」

她語氣輕鬆，彷彿在說一件類似「你好、再見」的小事，瞥見他惶恐的神色，忍不住勾起嘴角。

「這不是什麼見不得光的話題——我娘失蹤很久了，世家大族又很在意嫡出一類的問題，就時常有人抓著這個身分不放。我是覺得他們很無聊啦，純粹閒得慌，沒必要理會的。」

莫霄陽覺得應該安慰一下她，但又不知應當如何安慰，只能再度呆呆點頭。

「所以辭辭真的很好啊！不要總把她想得很凶。」孟小汀一說起她，眼裡不自覺溢了笑：「學宮裡的流言蜚語傳得很快，當年我身邊的氣氛特別差勁，她卻願意同我做朋友——

我那時想，世界上不會有比她更好的人了。」

她說罷目光一轉，加重語氣：「現在也是哦。」

莫霄陽眉心一跳：「謝小姐……的確一向隨心。」

當初在鬼域裡，所有人都對付潮生心存憤恨，唯有她站在蕪城的對立面，愣是憑藉一己之力，找出了掩埋多年的真相。

「對吧！我有天一時興起，問她為什麼願意和我做朋友，畢竟我天賦不高，身分又挺尷尬，好像什麼都不能帶給她。」孟小汀得了贊同，笑意更深：「你知道她怎麼回答的嗎？」

她輕咳幾聲，模仿謝鏡辭帶著困惑的語氣和音調：「她說：『難道別人能讓我得到什麼嗎？』」

要論天賦修為，學宮的同齡人裡，不管築基還是金丹，到頭來都是她的手下敗將。

同理，謝府家大業大，整個修真界裡，鮮有家族能抗衡。

謝鏡辭靈石多到用不完，僅憑謝家繼承人的身分，能在大多數地方橫著走。

她並不需要從其他人那裡得到任何東西。

因為別人擁有的，肯定沒有她多。

孟小汀說完，不再理會身邊目瞪口呆的莫霄陽，捂著發紅的臉吃吃笑。

穿過長長的雲梯，就到了山頂上的觀星臺。

穹頂一碧如洗，走在最前方的謝鏡辭突然停下腳步，看向不遠處某個人。

「這讓我想起了曾經的日子。」她語氣輕緩，自帶不動如山的冷冽與霸道：「每天從長達百丈的床上醒來，至少花上整整一天，才能走出臥房正門。只要我一個響指，就能招來一名忠心耿耿、筆挺英武的僕從。」

微風撩動她如墨的黑髮，謝鏡辭默然不語，端的是蕭索寂寥，自帶肅殺之風。

而隨著她話音落下，竟當真從不遠處響起年輕男人的高呼：「喂——！」

「那邊那個穿白裙子的！跟乞丐搶什麼地鋪呢？」身著監察司制服的青年滿臉不耐煩，扛著棍子就往這邊衝，吼完她，又瞪她身邊呆若木雞的老乞丐一眼：「還有你！都說了多少遍了，不要在觀星臺打地鋪，不要在觀星臺打地鋪！真當整個雲京全是你老窩，臥房大得有好幾百丈呢！」

謝鏡辭：「……」

老乞丐覷她一眼，俏皮地豎起大拇指：「在城裡打地鋪也能說得這麼踐，強。」

系統已經笑趴了。

謝鏡辭單方面決定，把這個歹毒的霸總 Alpha 歸為「最討厭的人物設定」之最。

因為真的真的很丟人。

對著乞丐地鋪說什麼「數百丈的巨型臥房」已經有夠離譜，站在觀星臺上生無可戀的謝鏡辭萬萬不會想到，自己的社會性死亡，才剛邁出朝氣蓬勃的第一步。

——當她對著孟小汀冷聲一笑，語帶不屑地開口：「每日總有形形色色的人前來打探我的名姓和情報，有時我會想，如果換上另一張臉，日子會不會過得輕鬆許多？」

書鋪店小二不耐煩地握緊拳頭：「這位小姐，妳到底填不填借書名冊？再不寫上名字，我就把這本《清漪訣》放歸原位了！」

謝鏡辭：「……」

——當她滿面閒適，目光淡然地掃過一遝銀錢，很有霸總姿態地輕勾嘴角：「錢再多又有何用，即便坐擁這千萬家財，也彌補不了我內心的空洞。」

喪葬鋪的老闆娘磕著瓜子：「妳面前那堆冥幣可不只千萬，我鋪子裡的這些錢，哪怕是最小的面額，每張也有一千萬呢。」

謝鏡辭：「……」

總而言之，就是非常白癡，生動詮釋了什麼叫「犧牲小我成就大我」，用自己的社會性死亡，為群眾帶來喜樂與歡笑。

謝鏡辭有非常充分的理由懷疑，系統故意玩她。

雲京很大，加之各類商鋪建築花樣百出，即便只涉足城中最繁華的商業街，也能讓人花上一天的時間。

謝鏡辭仍然惦記著孟小汀的事，隔三差五詢問她近日以來可有異常，最後一拍腦袋下了結論：「要不然妳來我家住上幾天？」

說這句話時，四人正在雲京城最大的酒樓吃飯。

孟小汀被一口梅花糕噎住喉嚨，咳了好一陣子才笑著問她：「妳今日怎麼變得這般殷勤？」

「我昏迷一年，當然很想妳啊。」謝鏡辭深諳說謊話不眨眼之法，說得一本正經：「難道妳不願陪陪可憐的朋友？」

莫霄陽習慣性砸她場子：「謝小姐！妳昏迷之時不是意識盡失，哪怕過了整整一年，也只當是一覺睡醒嗎？」

謝鏡辭第無數次想要爆捶他腦袋。

「而、而且，最近幾天雲京不都在傳，有好幾人不明緣由沒了意識，陷入怎麼都叫不醒的沉眠嗎？」她很快找到另一個合乎情理的新藉口，忍不住在心裡為自己鼓掌：「近日恐有大變，妳同我在一起，我能安心一些。」

孟小汀在孟家處境尷尬，倘若有朝一日失蹤沒了音訊，恐怕不會有任何人在意。

「妳也聽說啦？」孟小汀向來對這種怪奇異聞很感興趣，聞言咧嘴一笑：「其實我閒來無聊，曾經私下調查過這件事——即將同林姨交易的一名老闆，在幾天前毫無徵兆地睡了過去，到現在仍沒醒來。」

莫霄陽好奇：「林姨？」

「是如今的孟家主母，林蘊柔。」謝鏡辭語氣淡淡：「孟家從商，自她嫁來，已經躋身修真界最富裕的幾家大戶。要說的話，這位才是孟家真正的主心骨。」

至於孟小汀那位對她從來不聞不問的爹，充其量算個吉祥物。

「主母？」懷裡抱著劍的少年一個愣神，恍然大悟地望向孟小汀：「就是之前在琳琅坊裡，他們說苛扣妳每月靈石的那位？」

「沒有沒有，這全是他們瞎說的。」孟小汀趕忙擺手：「林姨從未針對我。」

謝鏡辭沒插嘴，慢悠悠抿了口茶。

林蘊柔是個當之無愧的女強人，動用雷霆手段，把原本在中流末位的孟家一步步往上拉。

林孟兩家屬於商業聯姻，她與孟家家主沒有感情，離了丈夫獨自居於府邸的雅間，這是雲京城裡所有人都心照不宣的祕密，林蘊柔本人也從沒想過隱瞞。

謝鏡辭見過她幾次，哪怕在盛宴之中，滿目肅然的女人還是會捧著一本帳冊。

或許正是因為這個原因，她才會選擇納下孟小汀。倘若林蘊柔對丈夫有情，以她的脾性，絕不會讓私生女邁入孟家大門。

「不過話說回來，」莫霄陽撓撓腦袋，「孟小姐，妳娘至今仍未有任何消息嗎？如果妳有什麼有用的線索，大可盡數告知於我，來日我四處歷練，也能幫妳找找。」

他認認真真記在心裡，孟小汀曾說她娘失蹤了許多年。

「我娘——」孟小汀與身旁的謝鏡辭飛快交換眼神，眸底微沉：「我在五歲之前，一直同我娘住在雲京城外的村落裡。某天夜裡，她忽然遞給我一枚玉佩，讓我拿著它去尋城裡的孟家……後來家中闖入許多人，娘將我藏入衣櫃，自己卻被帶走了。」

鐃是向來安靜的裴渡，也不由蹙眉看她一眼：「孟小姐可還記得那些人的模樣？」

孟小汀搖頭：「衣櫃關上的時候，我只能透過一道極細的縫隙往外瞧，所見盡是模糊的影子。後來壯著膽子看上一眼，才發覺他們都戴著很詭異的純白面具，看不見長相。」

純白面具。

這種東西一出，整件事不由被蒙上了幾分詭譎的色彩。莫霄陽哪曾想過其中還藏了這樣的事，情不自禁想像一番當夜悚然的景象，後背有點發涼：「妳娘……是遇到什麼不好的事了嗎？」

「在那日之前，娘親並無異樣。」孟小汀沉聲正色：「後來我問過爹，知不知道娘親的出身與生平，他卻說同她萍水相逢，並不瞭解太多。」

她頓了頓，嗓音愈發艱澀：「後來林姨同我說，我娘是個來路不明的山間女子，爹對她一見鍾情，本欲和她結為道侶，卻正巧趕上林孟兩家聯姻。」

她話盡於此，不再多說，謝鏡辭卻從心底發出冷哼。

孟家家主名為孟良澤，從小到大都是個不堪大用的弱雞。

當初他面臨兩個選擇，要麼拒絕婚約，靠一己之力接管孟家；要麼拒絕那個從山中帶來的女人，自此衣食無憂地吃軟飯。

孟良澤毫不猶豫選了第二條路，直到現如今，仍是城中茶餘飯後的笑柄談資。

——無論孟良澤還是林蘊柔，本質都是生意人。對於這種人來說，愛情算不得多麼重要。

或是說，對於修真界大多數人而言，愛情都算不得多麼重要的大事。比起風花雪月，修煉賺錢和升級奪寶才是修士們的心之所向。

結果孟良澤萬萬沒想到，那女人居然生了一個女兒。

「哎呀，我們不是在談城裡人莫名昏睡的事兒嗎？」眼看席間氣氛陷入低谷，孟小汀強撐出笑臉：「娘親的事我自會調查，不勞你們費心啦——我今日在琳琅坊聽說，藥王谷的醫聖前輩正在著手解決此事，已經找出將人喚醒的辦法了。」

莫霄陽「哇塞」出聲：「這麼快？」

藺缺昨日還在謝府為裴渡補脈療傷，隔了不到一天的時間，竟然就尋得破局之法。

「那些人之所以昏迷，是因為邪氣入體，應該是中了邪修種下的祕術。」孟小汀道：「這種祕術聞所未聞，藺前輩也未能查出來源。想讓昏睡者醒來，目前唯一可行的法子，是先由他作法祛除邪氣，再引神識入體、進入夢中，強行把人拉出來。」

謝鏡辭被勾起興致，托著腮幫子瞧她：「被害的那些人之間，可曾有某種聯繫，或是共同與什麼人有過交集？」

孟小汀搖頭：「其中不少人都是八竿子打不著，比起蓄意報復，依我看來，更像是在大街上隨機挑選目標。」

她一邊說，一邊端起桌上的茶水：「根據被救醒的那人所言，他做了今生頭一份的噩夢，幾乎把有生之年能想到的所有絕望全部壓在裡頭。他不知道那是夢，活著比死去更難受，每時每刻都想要去死，實在可憐。」

「真希望能早日抓到凶手。」莫霄陽蹙著眉頭：「無論出於報復還是生性如此，都不應當做出這等傷天害理之事。」

那也得監察司能抓得到啊。

謝鏡辭覺得，監察司那幫人和影視劇裡的員警極為相似，要論行事作風，簡直是從同一個模子裡刻出來的——

事發的時候呆頭呆腦吃乾飯，等主人公把一切難題解決，再跳出來大呼好強好秀六六六。

這樁疑案稱得上雲京近日以來的頭等大事，四人你一言我一語地談論許久，離開酒樓時，已經沉沉入了夜。

孟小汀同意去謝府暫居幾日，臨近酒樓正門，謝鏡辭察覺身側的裴渡氣息一凝。

她心生好奇，順勢詢問：「怎麼了？」

「……好像見到認識的人。」他有些困惑，略微擰眉：「謝小姐，你們在此稍等片刻，我去去就回。」

謝鏡辭見他神色不對，遲疑出聲：「近日發生諸多怪事，要不要我陪你一起去？」

裴渡沒有拒絕。

他動作很快，謝鏡辭緊隨其後，順著裴渡動身前往的方向望去，在燈火闌珊的角落裡，瞥見一道稍縱即逝的影子。

那是個身量極高的男人。

出乎意料的是……她似乎也見過他，只不過印象不深，記不起那人的身分。

穿過人流如織的長街，隨著那道影子入了錯綜複雜的迷巷。

雲京住戶眾多，萬家燈火勾連成一條條不間斷的長巷，謝鏡辭心中警鈴大作，用了傳音：「那個人在把我們往人少偏僻的地方引。」

裴渡同樣看出這一點，悶聲應了句「嗯」。

他話音剛落，耳畔就掠過一道陰風。

走在兩人之前的身影默然停住，周遭空無一物，謝鏡辭卻察覺到一股驟然靠近的邪氣。

那人動身極快，只在前方留下一道模糊殘影。他修為應該已至元嬰，身形倏動之際，爆發出如潮靈力。

元嬰期的修為無疑在他們兩人之上，謝鏡辭毫不猶豫拔刀迎戰，刀鋒劃過濃郁得有如實體的邪氣，蕩開層層幽芒。

此人實力應在元嬰上乘，加上他渾身散發的邪氣……莫非這就是導致雲京人陷入昏睡的罪魁禍首？

黝黑霧氣宛如幕布，將那人遙遙模糊成一團影子。

她將全部注意力彙集於鬼哭刀，斬落無數襲來的邪氣，又一次揮刀之時，突然感覺到身後猝然而至的幽然冷風。

在他們背後……還有一個人！

最詭異的是，當另一人現身的瞬間，謝鏡辭清楚感應到，那道濃郁邪氣猛然一轉——竟如同附身一般，來到了剛出現的那人身上。

速度太快，來不及轉身。

她心中一凜，在邪氣逼近之際，聞到熟悉的樹木清香。

萬幸巷道之中仍有住戶，那人欲再次動手，不遠處的人家推開了窗。

不過轉瞬，兩個身分不明的男人便消匿了行蹤，謝鏡辭伸手探去，正好接住頹然倒下的裴渡。

他替她擋下了突如其來的那一擊。

「哦哦哦，這個就是邪氣入體嘛！」

深夜的謝府燈火通明，藺缺被謝疏火急火燎地請來，只往床鋪看上一眼，便篤定地下了結論：「和城裡那些昏睡的人一模一樣——你們遇上幕後黑手了？」

謝鏡辭有些沮喪：「沒看清楚模樣。」

她稍作停頓，眸光一動：「不過裴渡說過，那是他認識的人。」

若想得到更多線索，還得等他醒來再詢問。

「你們算是運氣不錯，今日一早，這祕術被我找到了破解的法子。」藺缺笑笑：「我會先替他祛除邪氣，然後尋一個人進入裴公子夢裡。夢中災厄眾多，不知在場諸位，可有人願意前去？」

裴渡做的是噩夢。

從他眉頭緊擰、面色慘白的模樣就能看出來，這場夢的確慘烈。

謝鏡辭瞬間接話：「我去。」

裴渡畢竟是因為她，才平白無故挨了那麼一擊。

吊兒郎當的醫聖似是早就料到這個結果，聞言瞇了雙眼，輕聲笑道：「謝小姐，夢裡有諸多變數，無論發生何事，還請莫要慌張。」

裴渡渾身都在疼。

撕裂般的劇痛啃咬著五臟六腑，當他竭力呼吸，能聽見自胸腔裡傳來的、類似碎紙片彼此相撞的悶然聲響。

此地乃禁地鬼塚，萬魔彙聚之處。

自他被裴風南擊落山崖，已過了不知多少時日。

有人結伴來獵殺或羞辱他，亦有魔物將他視為還算可口的食物，無一例外，都被他反殺於深淵之下。

沒有人願意幫他。

甚至……連看他一眼，都嫌浪費時間，汙了眼睛。

滿身是血的少年抹去唇邊血跡，垂眸打量自己一眼。

他已經廝殺了不知多少時日，餓了便吞下魔物的屍體充饑，一身白衣被血染成暗紅色，衣物下的身體更是千瘡百孔、醜陋至極。

耳邊充斥著夢魘般的幻聽，在無盡殺戮裡，那些死去的人神情輕蔑，叫他廢物或殺人魔，嘲笑他可悲的境遇。

四周盡是一望無際的黑暗。

他的內心被孤獨與自厭填滿，只剩下狂亂殺伐，沒有人……

沒有任何人，會在意跌入泥濘的怪物。

可不知為何，在他心底深處，總有道聲音一遍遍告訴他，不是這樣。

又是一隻邪魔被利刃撕裂，裴渡雙目空茫，在黃昏的血色中握緊手中長刀。

長刀。

不對……他慣來用劍。

用刀的不是他，那個人另有身分與名姓——可他怎麼全然記不起來。

耳邊又傳來裴風南的怒喝：「廢物！這招劍法都學不會，我養你有什麼用！」

他為何會沒日沒夜地練劍。

他揮動長劍時，心心念念的……是誰遙不可及的影子。

「冒牌貨。」白婉的冷笑聲聲叩擊耳膜：「只不過是個替身，沒了那張臉，你又算什麼東西。」

……不是的。

那個人總是懶洋洋地抬眼：「喂，裴渡。」

「沒人會來幫你。」被他殺掉的匪賊啞聲大笑：「還記得你最初的身分嗎？微不足道的螞蟻，就該一輩子被踩在人的腳底下！」

不對。

從最初見面那一刻起……那個人就朝卑微如螞蟻的他伸出了手。

為觸碰那隻手，他賭上了自己的一生。

一切不應當是眼前這樣。

沒有她存在的世界宛如噩夢……他怎能忘記她。

夢境搖搖欲墜，裴渡心臟狂跳。

那個人的名字是——

「喂，裴渡。」

如同長河驟斷，巍巍雪峰轟然消融，當這道聲音響起，翻天覆地，一切追尋都有了歸宿。

少年的身形陡然怔住。

站在他身後的謝鏡辭同樣有些出神。

雖然大概能猜到，裴渡的夢裡不會太過平靜，但一見到這番鮮血淋漓的景象，還是讓她有些驚訝。

見他沒應聲，謝鏡辭又試探地叫了句：「裴渡？」

她微頓，安慰似的緩聲補充：「你在做夢，這些都是假像……所以沒事的。」

站在屍山血海中的少年這才恍然回頭。

也許是錯覺，裴渡在見到她的瞬間，眼眶突然變紅。

他靜了好一會兒，深深凝視她許久，才小心翼翼地輕聲開口：「謝小姐。」

謝鏡辭從沒聽過，有人用這樣的語氣稱呼她。

彷彿這三個再普通不過的字成了某種易碎的珍寶，連淺嘗輒止的觸碰都不被允許，只能極盡所能地悄然貼近，不敢驚擾分毫。

「還記得外面發生了什麼事嗎？你昏睡不醒，我——」

她話語未盡，忽地察覺到不對勁。

放眼望去，全是被裴渡一擊斃命的妖物邪魔，陰風一吹，空氣裡理應盈滿難聞的血腥氣。

可毫無緣由地，除了血液的腥，充斥在她鼻尖的……還有雨後樹木的香。

那是裴渡身上常有的味道。

他身上的香氣……之前有這麼濃郁嗎？

而且除了這道木香，四周還瀰漫著一股更為強烈的桃花香氣，若論源頭——

謝鏡辭腦袋一炸。

是從她身上溢出來的。

等等。

不會吧。

已知神識出體，她本人也就入了眠，理所當然會做夢。

已知她目前的人設是個霸總 Alpha，倘若做了夢，夢裡的場景……恐怕離不開那個小世界裡的設定。

也就是說——她她她的夢和裴渡的融合了，而且還還還、還被憑空添上了某種不可描述的設定……仙俠ＡＢＯ？

糟糕。

感受到腦袋裡有什麼東西蠢蠢欲動，謝鏡辭瞬間察覺不妙。

而正如她所想，不系統悠揚響亮的提示音響徹耳邊：『全新場景啟動，臺詞已發放，請注意查收喲。』

那個「喲」字可謂點睛之筆。

她真傻，真的。

她原本還心存幾絲僥倖，思忖著或許系統能網開一面，讓她逃過此劫，然而縱觀眼下，重傷的病弱美少年、黃昏之際的兩人獨處，甚至連費洛蒙這種破次元的玩意都準備就緒，它不出來作妖，那才真叫做夢。

謝鏡辭覺得自己要完。

午夜的鬼塚寂靜無聲，遠處偶爾傳來一道淒厲鴉鳴，隨風盤旋於嶙峋怪石之上，更襯出幾分蕭瑟寂寥。

殘陽映照著血色，彷彿潑開的緋紅顏料，將整個夢境映得有些失真。在漫無邊際的死寂裡，渾身是血的少年垂了眼眸，溫馴地凝視她。

忽然裴渡不動聲色蹙了眉。

……不知出於何種緣由，自從見到謝小姐，他莫名其妙地，感覺身體不太對勁。

像是發燒，又像在被火燒，洶湧的、止不住的熱氣一股股腦蔓延全身，如同尖利細密的牙齒，毫不留情啃咬五臟六腑，乃至每一條微小的血管。

他聞到一股濃郁的桃花香。

花香最是誘人情動，偏生那香氣彷彿帶著侵略性十足的熾熱，悄無聲息彌散在他全身，比火焰的灼燒更讓人難以自持。

不適感越來越濃，由單純的熱變為從未體會過的痛與癢，頃刻之間席捲全身，裴渡雙目茫然，竭力咬緊下唇，才不至於突兀地叫出聲來。

他不知道自己究竟怎麼了。

也許是中了毒，又或是睡夢中古怪的副作用，裴渡唯一知曉的是，自己如今這副模樣，定然不能被謝小姐看到。

他下意識想要轉身避開。

然而還沒來得及有所動作，便被一雙手錮住雙肩。

謝鏡辭把手按在他肩膀上，微微仰起頭，與裴渡四目相對。

系統給出的劇本，是他到了發熱期。

根據設定，Omega 在每個月的特定時間會進入發熱期，想緩解這一階段的身體不適感，最好的方法，就是被 Alpha 標記。

以目前的情況來解釋……謝鏡辭得再啃一次裴渡的脖子。

在他或許當真生出了腺體的情況下。

裴渡的呼吸聲逐漸沉重。

哪怕知道她是夢境裡虛構出的假像，他還是心存拘束，不願讓她見到如此狼狽的模樣，因而喉結微動，低低喚了聲：「謝小姐，我……」

隨即瞳孔驟然緊縮，猝然從喉嚨裡發出抽氣音。

謝鏡辭的雙手順著肩頭徐徐向後，劃過少年人線條優美的脖頸，當終於來到後頸的位置，指尖用力，稍稍一按。

飛竄的電流剎那間遍布全身。

裴渡體會過這般感受，本就所剩無幾的氣力陡然散盡，只能勉強靠在身後的巨石上，讓自己不至於跌倒在地。

他真是……太糟糕了。

想要迅速逃離這種無法忍受的燥熱，卻又不願掙脫謝小姐的觸碰，甚至想讓她更用力一些。

裴渡聽見自己的呼吸聲，急促又沉重，正在微微顫抖。

饒是自詡老油條的謝鏡辭，也聽得耳根發燙。

她雖然在ABO世界待過，但由於拿著幹啥啥不行的惡毒反派劇本，整天忙於埋頭幹壞事，從沒有類似臨時標記的經驗。

誰能告訴她，在那個世界裡算不上多麼稀奇的臨時標記……怎麼會曖昧成這個樣子啊。

身下彙集如溪流的殷紅鮮血，鐵鏽般鬱沉的氣息彌散在荒蕪禁地。

當少女仰面凝神，滿身戾氣的魔頭收斂了所有氣息，茫然無措地低頭看著她。

沒了髮帶捆綁，墨一般的黑髮凌亂垂於雙頰兩邊，襯得少年雙眸烏黑、薄唇殷紅如血。

面上的淺粉逐漸加深，被染成蜜似的緋色，連眼尾都沁了紅，一直蔓延到眼眶之中。

「乖。」謝鏡辭的聲調很穩，帶著不容反駁的篤定，卻也夾雜了幾分若有似無的、近乎撩撥的笑意：「低頭。」

裴渡來不及細想其他，如同受絲線牽引，順著她的意願低下腦袋。

那股浸著雨水氣息的木香更濃了。

耳邊就是他被極力壓抑的呼吸，謝鏡辭把腦袋靠近他頸窩，心臟狂跳。

她只是個異性接觸經驗基本為零的情感白癡，奈何系統不做人，給出的臺詞在她腦子裡嗡嗡作響，來回晃蕩。

謝鏡辭咬牙，故作鎮定：「難受嗎？」

迷濛的熱氣在皮膚上散開。

與她的肢體接觸似乎讓體內的不適得到稍許緩解，但這種感覺無異於飲鴆止渴，無法填滿體內叫囂著的慾望。

裴渡心下迷茫，幾乎被那股撓心撓肺的燥熱占據所有思緒與感官，聞言長睫輕顫，掙扎著應她：「嗯。」

嗓音有點啞，尾音未盡，十足勾人。

謝鏡辭在心裡罵罵咧咧，試圖壓下臉上翻湧的熱氣，繼續生無可戀地念出臺詞：「想要嗎？」

魚哭了水知道，謝鏡辭哭了誰知道。

——救命啊！這段臺詞也太太太羞恥了吧！簡直就是讓人沒耳聽的程度啊！

裴渡顯然沒明白她的意思。

他難受得厲害，眼裡如同蒙了層模糊的水霧，聞言輕輕吸了口氣，不明所以地問她：

「想……要？」

四捨五入，就是想了。

就算他不願，霸道女總裁也不會遷就一隻金絲雀。

裴渡。

——真的真的對不起！她只是個受害者！錯的是這個世界！

謝鏡辭兩眼一閉，視死如歸地傾身向前。

尖利的齒，終於觸碰到最敏感、亦是最隱祕的腺體。

與那夜酒後純粹的啃咬截然不同。

當腺體被咬破的剎那，濃郁桃花香瞬間達到頂峰。

她的費洛蒙強勢卻溫柔，好似烈日炎炎下的清潤溪流，緩緩淌入乾涸許久的皸裂土地，將躁動不堪的土壤包裹。

這一切來得猝不及防，在前所未有的強烈衝擊下，裴渡脊背一僵，發出小獸嗚咽般的低喃：「謝……」

單薄零散的字句很快被悶哼取代。

年輕的劍修身姿頎長，薄衫下的肌肉隱隱起伏，如今卻喪失了所有氣力，雙目茫然地倚靠在她懷裡。

那些從他口中發出的聲音，讓裴渡情不自禁心如擂鼓、面頰滾燙。

他在與謝小姐做奇怪的事情。

他真的好過分，仗著做夢胡作非為，擺明在占她便宜——更可恥的是，他在這種見不得人的情愫裡越陷越深，如同跌入深不見底的泥濘沼澤，心底卻隱隱奢求著更多。

恍惚之間，耳邊傳來謝小姐的聲音：「喜歡嗎？」

一片空白的大腦容不得他細想，所有反應皆來自本能，裴渡沉聲回她：「……嗯。」

說完了，連自己都覺得猛浪。

謝鏡辭的齒，靜靜滯留了一陣子。

Alpha 的費洛蒙容不得抗拒，不由分說攪亂他的知覺，等裴渡緩過神來，謝鏡辭已經不動聲色地退開。

他渾身無力，加之低垂著腦袋，不知從什麼時候起，把頭靠在謝小姐的肩頭上。

回想方才發生的一切，羞恥與慌亂險些將他吞沒，裴渡竭力想要抬頭起身，卻發現自己動不了分毫。

近在咫尺的謝鏡辭亦是緊張。

她畢竟是個母胎單身的姑娘，哪曾做過如此越界的舉動，尤其裴渡的這副模樣……實在讓人臉紅心跳。

哪怕他不發出任何聲響，僅僅站在他身旁，都能讓謝鏡辭沒由來地心跳加速。

裴渡的呼吸撓得她脖子有點癢。

他似乎在調整氣息，隔了好一會兒，才在一片寂靜裡悶聲開口：「謝小姐……對不起。」

謝鏡辭一怔。

按照當下的局面來看，主導一切的是她，霸王硬上弓的也是她，千錯萬錯，都怪不到裴渡身上。

她想不明白這句話的含義，順口問他：「為什麼要說對不起？」

「因為——」他說著頓了須臾，似是覺得有些羞恥，聲量漸低，快變成氣音：「我不應該在夢裡……對妳做這種事情。」

什麼呀。

謝鏡辭被他說得有點臉紅，直到這時才意識過來，裴渡並不知道兩人的夢境已然相融。

在他的認知裡，謝鏡辭不過是虛幻縹緲的夢中幻景，而導致了眼前這一切的，是他的潛意識。

謝鏡辭突然有種莫名的錯覺，彷彿她成了欺騙小白花感情、倒頭來還裝得賊無辜的驚天渣男。

好在她的良心還沒澈底黑透，眼見裴渡當真生了愧疚與自責，心口一軟，出言低聲安慰：「沒關係，這裡只是一場夢。無論發生什麼，她都不會知道。」

裴渡脫了力，仍是軟綿綿伏在她身上，聞言一默，遲疑地出聲：「……真的？」

謝鏡辭趕忙點頭：「真的！」

——所以她絕對是徹徹底底的假像，真實的謝鏡辭從頭到尾都沒輕薄過他！

站在她跟前的裴渡似乎低低笑了一聲。

她還在為自己的小聰明點讚，後腰突然籠上一道熱氣。

少年人的雙手泛著暖意，極輕極柔地，一點點觸上她身體。

他的動作笨拙至極，有時碰到腰間軟肉，甚至會渾身僵硬，倉促地把手挪到另一處地方。

「讓我抱一抱。」裴渡的嗓音融化在她頸窩裡：「……一會兒就好。」

謝鏡辭身子僵著，一動也不動。

他被噩夢嚇了一跳，如今向她這個夢中唯一的正常人尋求安慰，應該算是合乎情理的舉動……吧？

「謝小姐。」他的手指和尾音都在抖：「身上的傷很痛。」

謝鏡辭的臉再度很沒出息地發熱。

她心裡一團亂麻，嘴上不忘安慰：「回去給你擦藥。」

「……我總是一個人，他們都不要我。」

謝鏡辭只想找床被子，把自己裹成一隻蜷縮的蝦。

「好啦。」她梗著脖子說：「我不是一直在你身邊嗎——他們不要，我要你就是。」

這場夢實在太安靜了。

魔物的嚎哭與叫囂不見蹤影，只剩下夕陽極盡曖昧的血紅，與源源不斷湧來的熱。

裴渡又從喉嚨裡溢出一聲笑，埋在她頸間的腦袋稍稍用力，往前不甚熟練地一蹭。

謝鏡辭聽見他用耳語般的音量，喃喃對她說：「謝小姐最好了。」

第十一章　邪氣

謝鏡辭勉強穩住心神，認真整理一下這場夢裡的前因後果。

他們所在的地域正是鬼塚，按照裴渡身後堆積如山的屍體來看，他已經撕殺許久。

就像本應發生的劇情那樣。

謝鏡辭重傷昏迷、久久未醒，當他被裴家掃地出門，墜落深淵，願意陪在裴渡身旁的，自始至終未曾有過。

系統曾告訴她，倘若彼時她未現身，在遭受那一男一女的圍擊與折辱後，裴渡會於瀕死之際尋得一把斷刃，用殘破不堪的左手實現反殺。

受身分所限，他不得招搖過市，只能先行居於鬼塚，硬生生用血肉之軀，在遍野的魔物中搏出一條血路。

無法感知靈力，那就汲取鬼塚裡層出不窮的魔氣；有無數人對他心存殺意，那就在他們動手之前，先行拔劍。

他退無可退，只能在無止境的殺戮中尋得一線生機，後來魔氣入體、損傷心智，行事作風更加隨心所欲，最終甚至闖入修真界諸城，親手報了仇。

如果她沒來，在那時的鬼塚裡……裴渡就是這樣熬過一天又一天的吧。所以他才會脫口而出「謝小姐最好了」。

在此之前，謝鏡辭從沒想過，像裴渡這樣光風霽月、行若竹柏之人，竟會靜靜倚在某人肩頭，壓著聲音……撒嬌。

在她的印象裡，他向來立得筆直，肅肅如松下風。面上雖時常掛了笑，眼底卻始終充斥著凜然劍氣，學宮裡的姑娘們所言不虛，一朵遙遙不可攀的高嶺之花。

……原來高嶺之花也會折腰。

謝鏡辭自認沒心沒肺，乍一聽見他那幾句被壓抑極了的話，還是情不自禁心裡發澀。

她知曉裴渡受噩夢所困，如今想找人傾訴，也算不上什麼怪事，於是順著對方的意思安慰：「在夢境之外，我——謝鏡辭不是特地去尋你了嗎？糟心的事總會過去，一定沒事的。」

裴渡靠在她肩頭，發出綿軟和緩的呼吸。

他在夢裡殺伐多日，許久未曾像這樣靜下來休息過，連喉音都浸著愜意的笑：「嗯。」

在亙古不變的殘陽暮色裡，他的餘音輕輕柔柔掠過謝鏡辭耳邊，也恰是這一剎那，她忽然察覺眼前一晃。

所見之處血光褪去，那股縈繞在空中的腥氣同樣不見了蹤影，當謝鏡辭眨眼，被突如其來的燭光刺得皺了皺眉。

夢中場景頃刻變幻，上一刻兩人還在死氣森森的鬼塚，這會兒竟置身於一間典雅秀美的房中。

準確來說，是裝飾著紅綢和喜字的……婚房。

至於他們的衣著，竟也在不知何時全然變了樣，刺繡精緻的喜服映了濃郁緋紅，當她抬眼，見到被襯得面如冠玉的少年。

謝鏡辭：裂開。

在進入裴渡的夢境之前，藺缺曾告訴她，如今他體內邪氣全無，之所以仍被困於夢中，是因為識海裡的術法沒解除。只要助其勘破夢境，就十有八九能成功出來。

那時的謝鏡辭很敏銳地嗅到不對勁：「十有八九？」

「因為妳神識離體，自己也會做夢嘛。」藺缺笑得毫不在意：「如果執念太強，很可能會帶著二位一同進入謝小姐的夢境。這種情況並不多見，就算發生了也不必擔心，畢竟不是什麼邪術密法，只需靜靜等候醒來便是。」

所以。

眼前這場景，毫無疑問是她的夢。

——不不不，她怎麼可能夢見大婚？新郎是哪個不長眼睛的白癡，能打得過她嗎？

謝鏡辭心中狂嘯、瞳孔地震，跟前的裴渡亦是神色微怔，從她肩頭離開，站直身子。

婚房大門未閉，縫隙中湧入一道瑟瑟冷風。

以及一聲脆生生的女音：「小姐、姑爺，我替二位把門關上。」

謝鏡辭循聲望去，在門外見到探頭探腦的小丫鬟。

「小姐」她不陌生。

可這姑爺——

謝鏡辭睜圓雙眼，抬頭與裴渡對視，在短暫的沉默後，兩人又同時把目光移開。

裴渡呆頭呆腦，一副被雷劈過的模樣，彷彿仍游離在狀況外，猝然出了聲：「姑……姑娘，這是怎麼回事？」

門外的小丫鬟一愣，從縫隙裡探出一雙黑葡萄樣的圓眼睛。

「姑爺可是喝多了？」她一偏頭，語氣再自然不過：「今日是二位大婚的日子啊。」

身旁的裴渡氣息驟亂，飛快垂眸看謝鏡辭一眼，眸底似有倉皇與歉疚，半張著口，欲言又止。

……可他為什麼會覺得歉疚？

謝鏡辭心頭一動。

是了，在裴渡的認知裡，無論是之前鬼塚裡的咬上腺體，還是如今這該死的婚房，全都來源於他的夢境。

至於他眼前的謝鏡辭，從頭到尾只是夢裡的幻象之一。

也就是說，她絕對不能擺出滿臉狀況外的迷茫樣，身為夢裡的工具人，謝鏡辭得跟著走劇情。

感謝一個個小世界傳授的表演法則，她很快擺好了在這齣戲裡的定位，溫聲笑笑：「這麼重要的事也能忘記嗎……相公。」

啊啊啊可惡！她人生裡的第一句「相公」，居然就這樣叫給裴渡聽了！

雖然念起來還挺順口的。

但這不是重點！

之前被她咬後頸時，裴渡的整個身子都在發燙，好不容易等紅潮褪去，這會兒聽見她的聲音，又迅速紅了耳朵。

「謝小姐，我——」二人離得近，他竟是惶恐遭受輕薄一般，匆忙後退一步，支吾半晌再開口時，嗓音已有些啞：「我們怎會成……成婚？」

這人就如此不願同她結為道侶麼？

謝鏡辭哪會知曉夢裡的劇情，只覺心裡莫名煩躁，抬眉瞥向門外的小丫鬟，聲調發冷：「妳跟他說說，我們兩人怎會成婚。」

小姑娘正色：「小姐在學宮對姑爺一見鍾情，繼而死纏爛打。姑爺一心向道，多次拒絕，後來被小姐生生囚於謝府，待了整整兩年。」

謝鏡辭眼角一抽。

——這果然是霸道女總裁與反抗無門金絲雀的狗血戲碼！什麼「執念太強滋生幻夢」，她絕不可能生出同裴渡成婚的執念，一切都是人設的錯！

還有這個小丫鬟！在雇主面前直接用出「死纏爛打」這種詞，妳的語文是跟莫霄陽學的嗎！會被立刻辭退的知不知道！

裴渡脊背一震，血一樣的紅潮自耳朵蔓延至整張臉上。

——他、他在夢裡居然嚮往此種情節，還把謝小姐塑造成強取豪奪的惡棍……他有罪，他真不是人，他怎麼能做這種折辱小姐的夢！

小丫鬟還在繼續說：「後來功夫不負有心人，經過五十八次夜逃、六十三次自盡未果，姑爺終於被滴水穿石、鐵杵磨成針，答應與小姐在一起——可喜可賀，祝二位萬年好合！」

裴渡已經成了根筆直立著，一動不動的木頭。

「聽見了嗎？」謝鏡辭被他窘迫至極的模樣逗得笑出聲，一時玩心大起，揮退門外小丫鬟，仗著自己夢中人的身分，朝他靠近一步：「相——公。」

她語調不重，甚至有些微微發飄，尾音裡藏著惡作劇似的笑，讓人難以招架。

話音落下的瞬間，眼前的少年果然渾身僵住，又往後退開一步。

他態度看似堅決，空氣裡卻驟然瀰漫開醇香的樹木氣息。

Omega 在引誘 Alpha 時，散發出的濃郁費洛蒙。

謝鏡辭覺得……身體有點熱。

連帶著看裴渡那張臉，居然也變得格外順眼起來，莫名有那麼點可愛。

原本還帶著點逗弄的氣氛，因為此番未曾預料的變故，倏然生出幾分焦灼曖昧。

她身處夢中，自然無法抵抗夢裡的設定，裴渡身上的香氣清冽溫和，傳到她鼻尖，成了一把誘惑感十足的小勾。

該死。

謝鏡辭擦了擦滾燙的側臉，總覺得肺腑生熱，無論如何都無法消退。

偷雞不成蝕把米，她本想逗逗裴渡，自己卻反被撩得不太自在。

「謝小姐，這裡是夢。」他唯恐謝鏡辭再往前站，很正經地告訴她：「妳其實並無與我成婚的意願，我不能在夢中折……折辱妳。」

這還真是個呆子啊。夢裡哪有什麼折辱不折辱的。

謝鏡辭用看傻瓜蛋的眼神盯著他，不經思考地脫口而出：「你怎麼知道，我並無此意？」

這是她的無心之言，裴渡卻聞言一愣，面上的緋紅有如潮水退去，微微泛白。

他不知在想什麼，黑眸裡燭影黯淡，長睫悠悠一晃，用很低很低的嗓音告訴她：「……真的，我沒有騙妳。」

謝鏡辭有一瞬間的錯覺，居然從他的語氣裡，聽出了一丁點落寞和委屈。

她真是被費洛蒙迷昏了頭，一劍開山的裴小少爺，怎麼會因為這種事情覺得委屈。

不過多虧裴渡這句話，將她從幻夢裡勉強拉回了現實，謝鏡辭粗略琢磨，意識到另一個非常嚴肅的問題。

藺缺讓她入夢帶出裴渡，這是所有人都知道的事，奈何因為之前那些不堪入目的騷操作，謝鏡辭只能以夢中人的身分與他相處。

這樣一來，倘若她的夢不知什麼時候突然宣告終結，等裴渡醒來一問，得知謝鏡辭本人入過夢……那她不就露餡了嗎！

謝鏡辭猛然抬頭。

為了離開夢境之後的顏面，她必須儘快轉換身分，變回真正的謝鏡辭。

系統煩人的叮咚聲一直沒響。

那個小丫鬟已經關了門，房外靜悄悄。

屋子裡只剩下她和裴渡兩人，除了空氣裡彌散的費洛蒙，所有隱患都不復存在，應該不會再出什麼意外。

夢境不知何時崩塌，她不能再等了。

婚房裡安靜得落針可聞，裴渡正凝神思索，應該如何從夢中脫身，忽然聽見謝小姐輕咳一聲，似是站立不穩，向前倒去。

他反射性去接。

手掌落在華美婚服上，空氣中樹木清香與桃花香氣無聲交纏碰撞，那股熟悉的燥熱再度湧上心口，讓他暗自皺了眉。

謝小姐又咳了一聲。

當她抬頭，眸子裡的逗弄之意盡數散去，像是極為欣喜般揚了唇，朝他不設防地一笑：

「裴渡！我終於找到你啦！」

……情緒好像有點用力過猛。

謝鏡辭管不了太多，迎著他怔忪的目光繼續道：「你被邪術擊傷，陷入沉眠，還記得嗎？藺先生為你祛了邪氣，讓我來夢境中帶你離開。」

什麼叫行雲流水，一氣呵成。

謝鏡辭只想給自己瘋狂鼓掌，順便自封修真界第一影后，說著視線一轉，打量周遭景物一圈：「這就是你的夢？看起來並不嚇人啊。」

完美！

她把自己撇了個一乾二淨，接下來如何圓場，就得看裴渡了。

謝鏡辭努力止住唇邊笑意，狀若茫然地看他。

以裴渡的性子，必然不會承認這是他們兩人的大婚現場，而是糊里糊塗胡亂解釋一通，她迫不及待想看他開始表演，若是能露出一點馬腳和紕漏，被她直截了當點明出來，那就更加有趣。

也不知道出於何種原因，每次見到這人呆呆懵懵、滿臉通紅的模樣，謝鏡辭都會情不自禁想笑。

不出所料，裴渡面上表情一凝。

「啊呀。」謝鏡辭抬起手，低頭端詳自己身上的紅衣：「這是婚服？」

「不是！」他瞬間出聲反駁，可說完了，環顧這清一色紅豔豔的喜服與婚房，一時失去言語，無措地攥緊右側袖口，半晌才聲調僵硬地開口：「謝小姐，這不是……不是我們當真在成親。」

來了！

謝鏡辭就差躺坐在大椅子上，朝他踐踐地一揮手：來，開始你的表演。

裴渡自然猜不透她心裡的小算盤。

他從小到大，鮮少有過如此窘迫的時候，身上大紅的喜服彷彿成了團火，肆無忌憚灼在心上。

如果被謝小姐察覺他的心思……

「在我的夢裡，近日雲京大亂，出現一個隻只吃新婚夫婦的妖精。」

他說得生澀，謝鏡辭聽罷差點噗嗤笑出聲，只能勉強壓下笑意，佯裝吃驚道：「哇，只吃新婚夫婦的妖精啊？好新鮮，我從沒聽說過。」

如果忽略裴渡耳朵上的紅，他的神態可謂嚴肅又正經，同平日裡沒什麼兩樣。

謝小姐沒有起疑心。

他在心裡長長舒了口氣：「正是。我們為引出那妖精，特地假扮成新婚夫妻，今夜靜候於房中，就是為了等它前來。」

謝鏡辭連連點頭：「嗯嗯，我們今晚一定要抓住它，為民除害。」

「它不一定會來——」裴渡不擅說謊，唯恐被拆穿：「謝小姐，夢中之事一向無甚邏輯，做不得數。」

他還想再言其他，突然聽見房門被敲得砰砰作響，身邊的謝鏡辭眉梢一挑，應了聲「進來」。

房門「吱呀」推開，站在門外的，仍是不久前見到的那個小丫鬟。

她之前還是滿目含笑的閒適模樣，這會兒卻露出了驚慌之色，嘴巴一張，斬釘截鐵地喊：「小姐姑爺不好了！小小姐不見了！」

小、小小姐。

謝鏡辭心底一陣悚然。

她隱隱約約想起來了，自己手裡的，並不是普通的霸總與金絲雀劇本。

按照系統列出的相關情節，這兩人先是經歷一番強取豪奪、車禍失憶、破鏡重圓與虐身虐心，最終金絲雀不堪受辱，他——他帶球跑了了了了……

不要，千萬不要。

若是之前的夢裡人身分還好，如今她已經變成真正的謝小姐，就不要再出么蛾子了拜託！

裴渡那傻子愣了一下，脫口而出：「小小姐？」

「姑爺這都忘了？」小丫鬟訝然一驚，吐出的言語有如驚雷炸在他耳邊：「就是你與小姐的女兒呀！」

好傢伙，這回裴渡不僅是氣息驟亂。

他連呼吸都直接屏住了。

裴渡心裡一團亂麻，紛繁複雜的思緒炸裂成一片空白。

他、他被當著謝小姐的面戳穿……夢裡的他們不但成了婚，還生了個孩子？

謝小姐該怎麼想他？

對不起對不起！

謝鏡辭在心底第無數次瘋狂以頭搶地，裴渡，讓你背這種鍋真的對不起！

她心情複雜，悄悄瞥身側的少年劍修一眼。

——救命！裴渡又又又變成了一隻水煮蝦，完全不敢回看她的眼睛！

謝鏡辭試圖挽回，對著裴渡竭力笑笑：「是嗎？女兒嗎？我們尚未成婚，說不定是從什麼地方領養的吧？」

不過須臾，耳畔便傳來無比熟悉的惡魔低語：「不是啊。」

那小丫鬟神色如常，像是說起某件十分常見的小事：「小小姐……不是姑爺懷胎十月生下來的嗎？」

謝鏡辭：二次裂開。

對哦，這是個金絲雀帶球跑的故事。

她生無可戀，又看裴渡一眼。

——為什麼這人露出了「哦還好是這樣」的表情啊！裴渡腦子裡整天想的都是什麼東西！裴渡你清醒一點啊裴渡！

她目光直白，裴渡只需眼眸一轉，就能看見她瞪圓的雙眸。

於是這片刻的安心土崩瓦解，少年徒勞地微微啟唇，連眼眶都染上了肉眼可見的紅。

原本想到謝小姐不用承受生子之痛，他打從心底裡覺得開心，直到撞見她驚詫的視線，裴渡才恍然驚覺這是夢中。

他完蛋了。

謝小姐一定會覺得他腦袋出了問題，在心裡笑話他。

若是獨自肖想也就罷了，他怎麼能……怎麼能當著她的面，生出這般逾越的夢境，還恬不知恥地胡言亂語，說什麼只吃新婚夫婦的妖精。

「這、這個，夢境通常都是反的嘛，我聽過不少類似的事情，很正常啦。」深知真相的謝鏡辭強顏歡笑，試圖安慰這位替自己背鍋的大兄弟：「畢竟夢裡向來混亂，沒關係沒關係——更何況這是場中了邪術的噩夢，總會有意想不到的事情發生。」

她說著一頓，望向不遠處的小丫鬟：「我對裴渡是不是挺差勁的？」

小姑娘遲疑片刻：「小姐曾囚禁姑爺數日，還總是不給他飯吃，姑爺逃離多次未果……」

謝鏡辭大喜：「你看！這是妥妥的虐待啊！噩夢沒得跑了，這地方發生的一切，定然都是你心裡不願經歷的！」

她剛說完，那小丫鬟的聲音便緊隨其後地響起：「但其實姑爺暗地裡告訴過我，他也十分傾慕小姐，無論被她如何對待，心裡都只有她一人。只要能和小姐在一起，他就覺得很開心。」

謝鏡辭：「……」

周圍的樹木清香越來越濃，裹挾著不斷襲來的熱氣。謝鏡辭只覺自己的臉被打得啪啪作響，已經不敢再去看裴渡的表情。

「啊！」丫鬟身為夢裡的工具人，自然看不出這兩人之間怪異的氣氛，在周遭沉寂之際驚呼出聲，跑向某個地方：「小小姐，妳在這兒啊！」

謝鏡辭用了全身上下僅存的理智循聲望去，在一棵樹下，見到一抹似曾相識的身影。

與此同時，耳邊傳來裴渡下意識的、帶著驚訝的低喃：「謝小姐？」

那個所謂的「小小姐」，說白了，就是幼年時期的她。

如今天色昏暗，也難為裴渡能一眼認出那小孩的身分。

念及此處，謝鏡辭忽地神色一頓。

……不對。

那不過是幾歲的蘿蔔丁，連五官都沒完全長開，裴渡怎麼會認出那是小時候的她？

他們兩人初次見面的時候，年紀不是更大一些麼？

這個念頭來得猝不及防，好似洪鐘敲在她的腦袋上，然而謝鏡辭還未來得及反應，就驚覺眼前畫面猛地一蕩。

夢醒了。

「哎喲，終於醒過來了？」藺缺見她驟然睜開眼，瞇眼打了個哈欠：「謝小姐怎麼進去這般久？用了旁人兩倍的時間。」

他話裡有話，顯然猜出他們經歷了兩重夢境。

「出了點事。」

謝鏡辭囫圇應答，眼皮輕輕一跳，抬眼望向床頭。

躺在床上的裴渡也醒了。

他入眠很深，乍一睜眼，黑黝黝的雙眸裡盡是惺忪睡意，當與她視線相交之際，陡然清醒。

「你們沒事吧？裴渡的夢是不是特別可怕？」莫霄陽見兩人平安醒來，長長鬆了口氣，眉頭卻仍緊擰：「你們的臉色被嚇得一會兒紅一會兒白，我看了都覺得心驚膽戰。」

孟小汀點頭，在謝鏡辭耳邊講悄悄話：「尤其是快要結束的時候，裴公子眼眶都是紅的——你們究竟見著什麼了？」

她刻意壓低聲音，卻忘了裴渡修為比她高出許多，這些話一字不落，全部進了對方耳朵裡。

能夢到什麼。

後頸的啃咬，曖昧的婚房，絮絮叨叨的丫鬟，還有他與謝小姐的女兒。

沒錯，在夢裡，他生了個和謝小姐長得一模一樣的女兒，腦子裡裝的究竟是什麼東西。

至於那什麼強取豪奪、虐戀情深……

都說夢由心生，他真是糟透頂，就連做夢，也時刻想著同謝小姐的洞房花燭夜。

他竭力要藏，偏偏這一切見不得人的心思，全被擺在她眼前。

他是傻子。

裴渡徹底沒臉再見她，不動聲色地把身子往下滑，用被褥遮住發燙的臉。

謝鏡辭：「……」

謝鏡辭：「狂啃別人脖子的人，血紅的大宅，門外窺視的眼睛，夜裡突然出現在樹下、長相極為怪異的小孩。」

孟小汀打了個哆嗦：「那的確挺嚇人的！」

與雲京城的疑雲相比，裴渡的噩夢，稱不上重要的事。

藺缺活得久了，跟老油條成精沒什麼兩樣，一見裴渡與謝鏡辭支支吾吾的模樣，便隱約猜出幾分不可言說的事情來。

他存著調侃的心思，慢悠悠一覷：「裴公子為何臉色發紅，莫非身有不適？」

把下半邊臉全裹在被褥裡的年輕劍修眸光一滯。

裴渡裝模作樣，做作地低咳幾聲：「許是邪氣所擾，歇息片刻便是，不勞前輩費心。」

「哦——那就好。」藺缺笑得意味深長，狹長雙眼一瞇，指尖輕點床沿，直奔主題：「謝小姐說，公子認得那作惡之人？」

此言一出，籠在裴渡面上的緋紅迅速退了大半。

「……正是。」此事事關重大，定不能為兒女私情所拖累。他被邪氣入體，這會兒正是通體無力的時候，蹙眉猛地一發力，才勉強從床榻上坐起來：「他曾與我同在學宮修習。」

謝鏡辭恍然。

難怪她會覺得那人眼熟，原來是昔日同窗。

「曾經？」藺缺敏銳地聽出蹊蹺：「後來發生了什麼事兒嗎？」

裴渡輕咳一聲，眼底暗色漸凝：「他名為殷宿，師從滄洲青城山，自幼無父無母、天賦出眾，算是門派中一等一的少年英才。」

「青城山？殷宿？」一旁的謝疏先是微怔，細細琢磨片刻，後背兀地一震：「我記起來了！難道是那個！」

從聽見這個名字起，雲朝顏的臉色就一直很差，聞聲眉間稍擰，沉聲道：「嗯，就是他。」

孟小汀亦是睜圓雙眼：「居然是他！他這幾年渺無音訊，原來是去修邪術！」

他們的對話你來我往，好不順暢，唯獨苦了對此人一無所知的謝鏡辭與莫霄陽。

她聽得摸不著頭腦，好奇道：「這人……是誰啊？」

回應她的，是四道不敢置信的視線。

「妳不記得他了？」孟小汀的嗓音脆生生：「就是殷宿啊！當年在學宮設計謀害妳的那個！」

謝鏡辭：？

莫說此人的姓名與長相，她連自己曾被設計坑害的相關記憶都沒有。

「雖然不是什麼特別嚴重的大事，但也算危及妳的性命……妳當真不記得啦？」

孟小汀苦惱撓頭：「當時我們進入玄月地宮的祕境探險，那混帳不但引妳前去最危險的荒塚，還封鎖出口，一個人逃開——若不是裴公子恰巧路過，與妳一同逼退邪魔，妳恐怕在那時就沒命了。」

……在學宮裡發生過這種事嗎？

謝鏡辭翻遍腦袋裡所有記憶，從裡到外林林總總，一番細思之下，終於隱隱記起些許端倪。

對了，裴渡曾救過她。

那時她剛結束小世界穿梭，之所以決定第一時間去鬼塚尋找裴渡，很大一部分原因，是因為心頭浮起了這個念頭。

但這就是她的全部記憶了。

當日發生過什麼，她為何會遇險，又是怎樣與裴渡逃出生天，與之相關的線索像被清空了，記不起絲毫。

謝疏見多識廣，抬手摸摸下巴：「妳和小渡那時都受了重傷，玄月地宮邪氣叢生，倘若不記得當日之事，或許是被邪氣入侵識海，蒙了心神。」

孟小汀愣愣點頭：「對哦。按理說裴公子救了妳一命，應是有恩，但後來辭辭妳見到他，仍然是冷冰冰的。」

可憐哦。

謝疏在心底嘖嘖嘆氣，決定為自己欽定的女婿找回點遺失的臉面：「那鬼地方妖邪遍布，荒塚更是邪氣凝結之處，哪怕是元嬰級別的修士，進去了也是九死一生——小渡當時豁出了性命，才求得一線生機。」

他可沒忘記那日所見的景象。

聽聞女兒出事，他與夫人即刻趕去了玄月地宮。整個荒塚盡是刺目血紅，鮮血順著土地間的縫隙，匯流成條條詭譎幽異的細長河流。

四下昏幽，邪氣凝結成一團團的霧，被血光映出瘮人緋紅。

在漫無邊際的黑暗裡，唯有湛淵劍散發著白芒。那束光稱不上厚重深沉，卻似暗夜孤燈，被渾身是血的少年緊緊握在手中。

他靜默不言，坐在角落裡任由醫修療傷，眉目雖是清雋溫和，周身卻籠罩著肅殺的戾氣，似一把染了血的利劍，或是一隻即將揮動利爪、將人撕成碎片的猛獸。

正是那天，謝疏得知了「裴渡」這個名字。

然而謝鏡辭還是滿臉呆樣。

難道她那天當真被邪氣撞上了腦袋，所以才什麼也想不起來？

「我聽說殷宿之所以害妳，是出於嫉妒。」孟小汀嘆了口氣，提起殷宿時，眉間少有地顯出幾分厭煩之意：「他也是刀修，從青城山的外門弟子一步步做到親傳，好不容易進入學宮，卻在大比中接二連三落敗於妳。」

謝鏡辭：「那是他自己沒用，我比較建議殺了他自己。」

「殷宿在青城山也算小有名氣，輸給妳那麼多回，漸漸生了恨意。」孟小汀繼續道：「後來他被學宮懲處、趕出青城山，還恬不知恥地說什麼『天道不公』、『世家欺人太甚』，真是噁心透了。」

所以這是個自我感覺十分良好的小憤青。

他毫無倚仗，憑藉一己之力步步往上爬，最終成為門派裡風頭正盛的新生代佼佼者，沒想到入了學宮才發現，原來自己的百般努力，終究比不上世家代代傳承的血統。

因而他才會滿心怨恨地想，憑什麼。

謝鏡辭心下冷笑。

憑什麼。

憑她在其他小孩玩耍打鬧時，把自己關在小黑屋裡一遍遍練習刀法；憑她把所有閒置時間全放在試煉塔裡，親手斬殺過的妖邪，比他親眼見過的還要多得多。

總有人把自己的落敗歸結於時運不濟、出身不佳，怨恨旁人的時候，卻看不見對手一次又一次、反反覆覆刻苦練習。

「也就是說，這人想置謝小姐於死地，結果被裴渡撞破，功虧一簣，後來事情敗露，遭到學宮與青城山驅逐。」莫霄陽掩不住眉目間的困惑之色：「難道後來他入了邪道？但讓雲京城裡的人們陷入昏睡，他而言有何用處？」

「真相應該不似這般簡單。」裴渡搖頭：「殷宿修為不及我與謝小姐，但今日所見，他竟已至元嬰巔峰，而且……」

他說著眉間一蹙，握拳放於唇邊，低頭輕咳。

謝鏡辭沉聲接話：「而且出現第二個人的時候，那股元嬰修為的邪氣瞬間從殷宿體內離開，轉移到那個人身上。」

這是她與裴渡失利的主要原因。

以他們兩人的實力，若是光明正大打上一遭，或許還能擁有與元嬰巔峰抗衡的實力，但那道邪氣詭譎莫測，從身後陡然襲來，根本無處防備。

「或許那兩個巷道中的人皆非主導者，真正該被注意的，是那團古怪邪氣。」她說罷微頓，抬眼看向身側三名長輩：「邪術之中，可有什麼附體之法？」

「對於邪修來說，這種法子可不少。」藺缺展顏一笑：「倘若此事背後另有其人，那便又多出不少趣味了。」

殷宿大概是顆算不得重要的棋子，加之在場所有人都對其瞭解不深，今夜繼續揪著他不放，似乎也討論不出什麼結果。

這會兒天色已深，眾人馬不停蹄折騰了整整一天，經過短暫商議，各自回房中休息。

謝鏡辭是其中最心神不寧的那一個。

殷宿此番前來雲京，究竟所為何事？她怎麼會把那日在地宮裡的事情忘得一乾二淨？裴渡為什麼能一眼認出她小時候的模樣？

還有孟小汀。

根據系統透露的情報，距離她的死期……已經沒剩下多久了。

一覺醒來便是第二天。

雖然不是什麼好覺。

在昨夜的夢裡，謝鏡辭一會兒見到孟小汀腦袋上懸著的刀，一會兒又聽見裴渡義正辭嚴地質問她：「謝小姐，妳為何要在夢中那般折辱我？」

即便在夢裡，謝鏡辭也能無比清晰地感受到，一股涼氣像蛇一樣鑽進脊背的感覺。

她做夢胡思亂想，第二天醒來的時候，自然是神色懨懨，一出門，就得知了謝疏、雲朝顏與藺缺即將離開雲京的消息。

「瓊海的尋仙會今日舉行，我們得去露個面。」謝疏有些放心不下，緩聲囑託：「那群人的目的應該不是你們，但既然與殷宿結過梁子，還是小心為妙。你們近日在雲京好好待著，最好不要離開謝府，等我們明日回來，就立刻處理此事。」

雲朝顏面色很沉。

眾所周知，這位性格差勁的女魔頭對女兒極為放縱溺愛，殷宿膽敢對謝鏡辭下手，並傷及裴渡，可謂在她的怒氣點上反覆橫跳，瀕臨踩爆。

「我已告知監察司相關事宜，令其加大力度調查。」雲朝顏安慰道：「小渡好好歇息，我們定會查出幕後凶手，給你一個交代。」

救命。

莫霄陽被撲面而來的威壓震得不敢動彈，不愧是盛名在外的雲夫人，當她說出這番話的時候，彷彿下一瞬就能把殷宿千刀萬剮，比幕後黑手更像反派角色。

謝鏡辭揮揮手與三人告別。

謝疏與雲朝顏身為修真界大能，被一大堆數不清的委託、祕境和法會纏身，加之性喜遊山玩水，自她有記憶起，就一直在外不停奔波，有大把時間不著家。

小說話本裡成天談戀愛的霸總王爺全是紙片人，真實情況是常年忙到英年早禿，只剩下一片地中海與之做伴。

「殷宿那群人沒能得手，不會再來報復吧？」孟小汀仍對昨夜之事心有餘悸：「一個好端端的大男人，用陰謀詭計害人也就罷了，居然還陰魂不散，妄圖借用他人之力繼續作妖——啊啊啊真是噁心！要怎樣才能抓到他？」

那人還想對辭辭下手，簡直壞透了。

對於雲京城近來發生的怪事，她雖心懷興趣，但始終都保持著看戲、與世無爭的局外人立場，這會兒卻生出源源不絕的怒意，想把那夥人掘地三尺挖出來。

「監察司靠不住的。」謝鏡辭抿唇笑笑，語氣很淡：「不如先去問問其他遇害的人——藺前輩已替他們盡數驅了邪氣，說不定能得到什麼有用的線索。」

既然這是與她有直接牽連的事，比起讓父母出面解決，謝鏡辭更傾向靠自己找到真凶。

她說著微微停住，視線一晃，掠過身旁躊躇滿志的孟小汀與莫霄陽：「裴渡呢？」

孟小汀呼呼笑，抬手指了指她身後：「在那兒呢。」

裴渡生得俊俏，性格又平易近人，只不過幾日功夫，就與謝府中的總管小廝混熟了。

當謝鏡辭轉身望去，正好見他同總管和三兩個小廝閒聊。

總管的第一句話，就把她震了個七零八落：「裴公子，你是小姐頭一個帶回家的男人。」

——出、出現了！霸道總裁文裡管家的必備臺詞，「小姐，妳是少爺唯一帶回來的女人」！

要論霸總和王爺，身邊絕對不會缺少三種人。

第一，一個總在半夜被叫醒的大夫，隨叫隨到，時刻遭受「治不好她，揚你骨灰」的致命威脅，經典語錄：「下次記得節制一點，她身體不好，受不住啊。」

第二，一個兢兢業業、總在背後默默為男女主角操心的管家，精明的雙眼看透一切。

第三，一群忠心耿耿的朋友或僕從，八卦技能點滿，主要負責起鬨和助攻。

這群人他們不是人，是妥妥的工具。

「對啊！」有個小廝附和道：「好久沒見到小姐笑得那麼開心了。」

——呸！你閉嘴！她明明每天都在笑，每天都超級開心！為什麼當她變成霸總人設後，連家裡的其他人也受到汙染了啊！

裴渡溫聲應他：「謝小姐平日裡不愛笑嗎？」

「也不是不愛笑……就是總把自己關在房裡練刀。」又有人道：「在此之前，小姐大多時候都殺氣騰騰的，連走路都在琢磨新學的刀術，裴公子來謝府後——哇啊啊謝小姐！」

謝鏡辭朝他們露出標準的微笑。

謝鏡辭：「裴渡，跟我過來。」

老主管顫顫巍巍：「小姐，無論做什麼時候，都務必記得節制一些，裴公子他身體不好……」

謝鏡辭：「……」

謝鏡辭很懷疑人生的把裴渡拉走了。

在此之前，她一直以為自己在別人眼裡的形象是個積極向上的好少年，沒想到輪到別人一看，哐噹成了個癡迷打怪升級的霸道屠夫。

情人眼裡不出西施，自己眼裡才出西施。

城裡身中邪術的人不少，其中身分有高有低。上位者溝通起來實在麻煩，一行人商議片刻，一槌定音，找到了琳琅坊裡剛醒來不久的帳房先生。

「唉，我跟監察司說過很多次，不曉得當時究竟發生什麼事。」帳房姓廖，被接連數日的噩夢困擾，眼底掛著青灰，說起話來有氣無力，三個字一喘：「那會兒正值夜裡，我獨自回家，剛瞥見一道影子，就什麼都不知道了。」

謝鏡辭靜靜地聽，指尖輕撫桌面。

一旁的孟小汀好奇追問：「或許，先生曾經結過什麼仇家？」

先生連連擺手：「哪兒能啊？我一輩子過得平平穩穩，別說結仇，連罵人打架都幾乎沒有過。」

「不一定是仇家。」謝鏡辭笑道：「也許是某個同你相看兩厭的人，又或是日子過得不順心、連帶著看你也不順眼的人，最重要的一點，是他極有可能某天起消匿了蹤跡，再也沒出現在你眼前。」

她語氣不緊不慢，自帶沉緩悠靜的威懾力，帳房先生聽罷一愣，竟沒像之前那樣立即反駁，而是眉頭微沉，顯出有些遲疑的模樣。

「妳這麼一說……好像的確有過。」他吸了口冷氣，似是突然渾身發冷：「那已經是五年前的事兒了。我和那人是同鄉，都生在一處山中村落，我們村子沒什麼錢，無論修煉還是念書，對大多數人家來說，是件苦差事。」

孟小汀驚詫地與謝鏡辭對視一眼。

「按照村裡的規矩，在學堂終考拿到頭名的，能負擔起繼續念書的錢，送去更大的城中。」帳房先生發出低聲喟嘆：「我們兩人平日裡不分高下、各有所長，在終考裡，我以三分之差勝過他，得來了離開村落的機會；至於他……那時恰逢他爹重病離世，家裡欠了一堆外債，情況如何，你們應該能明白吧。」

莫霄陽原以為能聽見多麼狗血的恩怨糾葛，聞言怔忪一愣：「就這樣？」

「就這樣啊！後來我回到家鄉，得知他在五年前就不見了蹤影，至今沒再出現過。」帳房先生蹙眉：「雖然這樣一說，我在夢裡見到的情景的確是家破人亡、屢屢落第……但我並未存心害他，就算他心有不甘，也不至於用上如此陰毒的招數吧？」

用不用，恐怕得那人說了才算。

謝鏡辭目光稍凝。

果然如此。

當時她與裴渡同時撞上殷宿，而身後那人突然出現時，裴渡正好站在她身後不遠處。

按理來說，裴渡才是更容易被邪氣擊中的那個，來人卻特地避開他，把靶子對準謝鏡辭。他們打從一開始，就有明確目標。

她與殷宿有仇，結合雲京城裡昏迷的人形形色色，彼此之間並無聯繫，可以大致推出那些人此番前來，正是為了報仇。

正因為復仇之人並非同一個，昏迷不醒的受害者們才會顯得毫無關聯。

至於那團邪氣，應該就是一切行動的組織者。

只不過……這所謂「復仇」的理由，還真是愚蠢又可笑。

同樣的走投無路，同樣的心生嫉妒怨恨，自己沒法繼續活，便把過錯全都歸結在別人身上。不過是群膽小怕事、不敢承擔的懦夫，就連報復，也要借助那團邪氣的力量。

從帳房先生口中，似乎問不出別的東西。

謝鏡辭溫聲道了謝，剛出琳琅坊，就聽見莫霄陽的自言自語：「所以那群人是自己過得不好，就見不得別人好囉？」

「話也不能這麼說。」孟小汀神祕兮兮地一笑：「方才你們在問帳房先生話的時候，我耳聽六路，眼觀八方，從兩個女客嘴裡，聽到了很是有趣的消息。」

謝鏡辭與莫霄陽睜圓了眼看向她。

「被救醒的人裡，要屬雲京城鼎鼎有名的許老闆——就是我曾跟你們說過，林姨那個突然昏睡的合作對象。」小姑娘得意洋洋地一仰頭：「聽說他一醒來，就發瘋一樣胡言亂語，說什麼『不該一時貪財陷害妳』,顯然是曾經做了虧心事。」

「也就是說,這群人各有各的原因和目的,許是為了復仇,經由邪氣主導,聚在一起。」謝鏡辭還是想不明白:「可帳房先生的同鄉五年前就失蹤了,殷宿也不見蹤影許久。若想報仇,為什麼要一聲不吭等待這麼多年?在失蹤的那段日子裡,他們又發生過什麼?」

完全搞不懂。

「那邪氣所用的祕術,亦是聞所未聞見所未見。」孟小汀打了個寒顫:「倘若我夢見什麼血紅大宅、咬脖子的人,一定會嚇得半死。」

那場夢可謂她的人生汙點,謝鏡辭囫圇應和:「唔唔嗯嗯——」

等等。

咬脖子的人。

她當時說了……咬脖子的人?

她向裴渡表露身分,理應是在夢境後半段,那時頂多竄出個和她長相一模一樣的女兒,一旦說漏嘴,提到咬上腺體那件事——豈不就意味著被發現了?

謝鏡辭腦袋瘋狂亂炸。

謝鏡辭通體發熱發冷又發涼。

謝鏡辭聽見裴渡遲疑的嗓音:「謝小姐?」

她決定回家洗個熱水澡。

只有這樣，當她閉上雙眼死去的時候，屍體才不至於太快發爛發臭。

空氣在這一瞬間微妙的凝滯，謝鏡辭正思索著應該如何解釋，猝不及防，突然察覺到一股越來越近的殺意。

上帝關上一扇門的時候，一定會打開另一扇窗。

她從沒覺得，殺意是種如此美妙的東西。

四周兀地暗下來。

他們仍然走在雲京城一望無際的巷道裡，天邊暖意融融的太陽卻瞬間不見蹤跡，取而代之的，是一輪漸漸從烏雲中顯現的慘澹弦月。

日光與燈光盡數隱去，墨一樣的濃雲翻湧如潮，在無邊寂靜裡，響起一道森然冷笑。

這笑聲噙滿嘲弄諷刺，乍一劃破月色，如同暗夜裡生出的一隻冰涼手骨，陰慘慘捏住耳膜。

謝鏡辭看出這是場精心布置的幻境，聽得心煩意亂，剛要拔刀，頃刻愣住。

四面八方突然竄出十多個高矮不一的人影。

每個人身側都懸著團邪氣，雖然不如昨夜濃郁，卻也能躋身進元嬰期水準，彷彿是最初的氣團平均分成了許多份，分別依附在每個人身上。

而在他們臉上……居然清一色戴著面具。

沒有任何花紋與裝飾的，純白色面具。

孟小汀娘親失蹤當夜……她們家中便是闖入了戴著純白面具的人。

謝鏡辭眼瞳驟然縮緊。

面具，雲京城，遲來的復仇，被強制帶走的女人，孟小汀的死訊。

所有看似毫無關聯的線索，居然在此時此刻，隱祕且詭異地有了交集。

不等她繼續思考，站在最前方的男人便身形一動。

他體格高挑，卻像許久未曾鍛煉，身體瘦弱得好似木柴，電光石火間，拔出手中長刀。

這是殷宿。

十多個元嬰期面具人一擁而上，裴渡面色沉靜，拔劍出鞘。

面具人雖有元嬰修為，但顯然本身修煉不夠，無法熟稔操控。裴渡劍光一出，空中凝出道道鋒利無匹的冰刃，對峙之間，氣勢竟穩穩壓了一頭。

但是以一敵多畢竟吃虧，更何況還是以弱戰強。

莫霄陽與孟小汀上前迎敵，謝鏡辭眉心一跳。

殷宿的刀刃變幻莫測，與另外兩人的攻勢來回夾擊，刀尖一挑，堪堪掠過裴渡左臂，惹出一道飛濺的猩紅。

少年早已習慣疼痛，對此不甚在意，手中長劍揮下冰痕陣陣，將進攻全盤擋下。

那把刀觸到了他。

在昨夜，也正因為他們，裴渡才會被邪氣所傷。

鬼哭刀嗡嗡一晃，謝鏡辭不明緣由地心跳加速，耳邊傳來熟悉的叮咚聲響。

『相應場景觸發，人設啟動。』

『請稍候，臺詞載入中……』

四周明明是鱗次櫛比的房屋，她卻嗅到一股極其微妙的木香。

屬於裴渡費洛蒙的木香。

那道香氣上，絕不能沾染除她以外的任何氣息，尤其是……他人的刀。

——那是她的所有物。

就算要劃破他的皮膚，也只能用她的鬼哭。

這幾人定然逃不了了。

高大瘦削的男子飛快後退幾步，純白面具下的那雙唇咧開猙獰弧度。

此地是精心布置的幻境，他們即便用盡九牛二虎之力，也不可能找到逃脫方法，唯一能夠迎來的結局，是被一擁而上的元嬰修士無情剿殺。

天之驕子又如何。

他在夢裡無數次見到這兩人隕落，也無數次親自把他們踩在腳下，如今眼睜睜看著幻夢變成現實，忍不住笑得雙肩發抖。

這可怪不得他。

要怪只能怪謝鏡辭與裴渡牽扯太多，他的身分也是，孟小汀的身世也是，知道的東西過了頭，理所當然會得到制裁。

殷宿眼底笑意未退，倏而一凝。

幽邃幻境裡，毫無徵兆地，響起長刀嗚咽般的嘯鳴。

血一樣的暗紅刀光，頃刻間把夜幕撕裂。

太快了。

那抹血紅靠近之際，伴隨著狂舞的疾風與一道道尚未凝結的腥氣，殘月降下飄渺如紗的幽光，透過變幻交織的光與影，殷宿見到那抹不斷逼近的身影。

謝鏡辭身著白衣，卻被飛濺的鮮血染成緋紅，所過之處刀鳴鏗然，恍若勢如破竹的疾風，劃破途中所有人的喉嚨。

鮮血映著月色狂飆，如同倏然綻開又頹靡敗落的花，不過瞬息之間，連空氣都暈開殺氣橫生的幽異。

在層層破開的風聲裡，刀光已近在咫尺。

視線所及，是一張瑰姿豔逸的臉。

她姿色天成，占盡風流，此刻一雙柳葉眼被刀光照亮，漆黑瞳仁裡幽影暗生，嬌嫵之餘，更多卻是野獸般狂亂的冷意。

在那雙眼中，盛滿了令人膽寒的血光。

「喂。」謝鏡辭周身籠罩著血氣，嗓音微微發啞，只需第一個字出口，便讓殷宿遍體生寒：「誰允許……你動他的？」

第十二章　邪徒

月色與血光皆是肅殺。

鬼哭通體漆黑，此刻卻纏繞著絲絲縷縷的暗紅微光，觸及薄薄一層皮膚時，刀尖溢出微不可查、興奮的嗚嗚。

殷宿情不自禁地瑟瑟發抖。

謝鏡辭的動作快到不留給他絲毫喘息時間，欺身襲來時，刀口猶在靜靜淌血。

那全是與他同行之人的血跡，他們空有一身元嬰修為，竟在亂戰中被她瞬間抹了脖子。

……怎麼可能會是這樣。

心底的怒火彙聚，殷宿止不住地顫慄，緊緊握住雙拳。

這女人橫豎不過金丹，甚至在一年前的意外中身受重傷、修為大損，他已向神明借來力量，明明已經有了足以超越她的實力，為何還會——為何還會僅憑藉一招，就把他壓制得動彈不得。

青年顫抖著咬牙，指間力道彙集。

他不甘心。

他付出了自己的前半生，沒日沒夜苦練修習，每天起早貪黑，未曾有過懈怠。

憑什麼這群世家子弟能坐享其成，只不過投了個好胎，就足以繼承無數人夢寐以求的天賦機遇，恬不知恥，任意揮霍。

而他一次又一次突破，一遍又一遍挑戰，窮盡所能，還是一輩子都追上不上他們的腳步。何其不公平。

怒火終究戰勝了心底恐懼，殷宿狂喝一聲，拔刀暴起，元嬰級別的邪氣隨刀風蕩開，於半空劃出弦月般圓滑的弧度。

謝鏡辭早有防備，迅速後退幾步，擋下雷雨一樣密集凶猛的刀光。

「覺得我之所以贏你，是靠天賦和修為嗎？」

她眼底仍蔓延著冷意，極為不悅地盯向殷宿刀上的一抹紅。

那是裴渡的血。

一想到這一點，就讓她心煩意亂。

謝鏡辭不願同他多說廢話，拇指不露聲色稍稍一動，按緊正輕微震顫著的刀柄。

當最後一個字落下，女修纖細的身形宛如利箭，再度向他襲來。

殷宿還是控制不住脊背的顫抖。

——怎麼會這樣？

他已經擁有了遠遠超出她的修為，理應終於能把謝鏡辭踩在腳下，可為什麼……他還是感受到與幾年前無異的、被她死死壓制的顫慄與無措？

謝鏡辭的刀光有如銀河傾落，伴隨著雷霆萬鈞之勢轟然而下，殷宿狼狽去接，奈何被靈力震得骨髓發麻，一時竟全然跟不上她的動作，被劃出道道血痕。

即便已至元嬰的門檻，他卻依舊碾壓。

直到這一剎那，他才終於脫離修為的桎梏，頭一回真真正正地審視謝鏡辭。

殷宿從未見過，有誰能將刀法用得這般出神入化。

彷彿長刀已然同她融為一體，一招一式皆出自本心，被牢牢印刻於心底，拔刀而起，只不過轉瞬之間，就已根據他的動作轉換了三種截然不同的招式。

快刀如雨，不留給他一絲一毫躲避的空隙。

……他贏不過她。

無關乎修為，謝鏡辭就是比他更強。

這個念頭恍如猛錘，狠狠壓在青年胸膛之上。當謝鏡辭刀刃逼近時，除卻恐懼，充盈在他心中的，更多竟是不敢置信的茫然。

既然這樣……那他持續了這麼多年的怨恨，又該發洩在何人身上？

「自己技不如人受了挫，便紅著眼埋怨旁人，也不看看自己究竟幾斤幾兩。」謝鏡辭語氣很淡，臨近末尾，忽地輕聲一笑，發出嘲弄般冷然的氣音：「看見了嗎？我就是比你強。」

話音落地，刀鋒一蕩。

在嗅到血腥氣的瞬間，謝鏡辭眼前倏然闖進一道光。

籠罩在四周的夜色頃刻散去，整個世界如同褪去了一層烏黑沉鬱的幕布，伴隨著太陽光線一併湧來的，還有街頭久違的叫賣聲。

——那群人眼看力不能敵，即刻撤去了幻境。

至於他們的身影，自然也隨著幻境消失不見。

謝鏡辭頗為不悅地皺眉，她本來還打算活捉一兩個活口，從其口中問出主導這一切怪事的罪魁禍首，如若他們不願說，用些特殊的法子便是。

「謝小姐，妳沒事吧！」莫霄陽被她的突然暴起嚇了一跳：「那人有沒有傷到妳？」

謝鏡辭搖頭，沉默須臾，開口卻是答非所問：「是他們戴的那種面具嗎？」

她並未指名道姓地詢問，莫霄陽與裴渡聞言心知肚明，把視線凝向一旁的孟小汀身上。

自打那群戴著純白面具的神祕人露面，她的臉色就變得格外白。

街坊間嘈雜的吆喝叫賣聲連綿不絕，他們身側卻是詭異的一片寂靜。

孟小汀下意識攥緊袖口，眼眶兀地蒙了層緋紅：「……嗯。」

關於孟小汀娘親，無論謝鏡辭還是孟小汀本人，都對其所知甚少。

和她娘一起生活的時候，孟小汀還只是個半大小孩，懵懂的稚童對大多事情渾然無知，更何況過了這麼多年，許多記憶已變得模糊不清，只記得那女人名叫「江清意」。

對此莫霄陽哼哼一笑：「要想知道有關她娘的事兒，雲京城裡不正好有個絕佳人選嗎？」

謝鏡辭：「雖然但是……算了，走吧。」

若說除卻孟小汀，整個雲京還有誰與那女人有過正面接觸，必然只剩下她爹孟良澤。

說老實話，謝鏡辭並不是很想見他。

孟良澤稱得上修真界裡最有名的軟飯男，把一干家業盡數交給夫人林蘊柔打理，自個兒則在城裡各種詩情畫意，美名其曰陶冶情操。

這兩人乍一看來不像夫妻，更像在雞媽媽庇護下茁壯成長的巨嬰小雞。

最讓她看不慣的一點是，孟良澤怕老婆怕得人盡皆知，擔憂林蘊柔看不順眼，幾乎把孟小汀當成了個透明人，與她講過的話，一年下來恐怕不超過十句。

「……啊？小汀她娘親？」茶樓裡，面目俊朗的男子將眾人打量一番，露出有些為難的神色：「你們打聽這個做什麼？」

不得不說，孟良澤生了一張好看的臉。

修士們駐顏有術，往往看不出真實年齡，他仍保持著神采奕奕的青年模樣，乍一看去劍眉星眸、風華月貌，妥妥一個漂亮的富家公子哥。

「其實關於江清意，我知道的事兒也不多。」大概是平日裡隨意慣了，孟良澤沒太多身為長輩的架子，一邊說，一邊慢悠悠抿了口茶：「其中大部分，我都告訴過小汀——你們想問什麼？」

謝鏡辭開門見山：「孟叔與她是怎麼認識的？知道她出生於何地、是何種身分麼？」

「這事兒吧，說來有點奇怪。」孟良澤笑笑，時隔多年再提及此事，似乎生出了些許尷尬：「當年我去孤雲山裡做藥材生意，意外見到了她。怎麼說呢，當時她的模樣很是狼狽，像在躲避什麼東西，見到我與商隊後，哀求我們帶她離開孤雲山。」

他說到這裡，又從喉嚨中擠出兩聲乾澀的笑：「我一時心軟，便帶著她與商隊同行。」

謝鏡辭心中一動：「在那之後，二位便互生了情愫？」

孟良澤神色更加侷促，乾笑著點點頭：「我對她一見鍾情，本想帶她回雲京成親，沒想到歸家之際，居然聽聞了與林氏的婚約……你們也明白吧，父母之命媒妁之言，不好違抗的。」

莫霄陽接話道：「既然兩位無法繼續在一起，她之後又去了哪裡？」

「這我就不知道了。」孟良澤稍作停頓，加重語氣：「我並非薄情寡義的惡人，本想為她安置一處房屋住下，沒想到第二天一醒來，就發現她不見了。」

謝鏡辭在心裡翻了個白眼，又聽莫霄陽繼續問：「在躲避什麼東西……她有沒有提起過這事？」

「她只說是野獸。」孟良澤搖頭：「要說江清意吧，其實有挺多地方怪怪的。她自稱在孤雲山的村莊裡長大，好像從沒到山外看過，剛來雲京的時候，被城中景象嚇了一跳。但若要說她是山中農女，手上卻又沒生出繭子，看做派，更像個嬌生慣養的大小姐。」

孤雲山。

謝鏡辭在心裡給這個地名劃了重點標記：「還有其他令人生疑的地方嗎？」

「還有就是……」身著月白錦袍的青年遲疑片刻，彎了眉目笑笑：「她膽子很小，很怕一個人睡覺，有時候做了噩夢，會哭著抱住我說什麼『是不是它來了』──這個算不算？」

這件事顯然沒被孟良澤當真，用著開玩笑的語氣提起，謝鏡辭聽罷卻是心口一緊。

噩夢這件事……恰好能與雲京城裡的異變對上。

──江清意口中的「它」，莫非就是那團能依附在他人身上的邪氣？從那麼多年前，它就已經蠢蠢欲動了麼？

「除此之外，我就當真什麼也不知道了。」他又喝了口茶，咧嘴露出和藹的笑：「小汀若是想尋她，或許能去孤雲山轉轉。」

他語氣如常，哪怕提起江清意，嘴角也一直掛著笑，如同提及了某個不甚重要的陌生人。

在那個女人眼裡，孟良澤或許改變了自己整段人生，而在他看來，江清意不過是多年前匆匆逝去的露水情緣，如今說來，充當茶餘飯後的笑談而已。

倘若那女人如今還活著，不知會作何感想。

孟良澤忙著喝茶聽曲，他們問不出別的線索，只能先行告退。

回程的路上，氣氛有些凝滯。

孟良澤顯而易見地對江清意不再心懷情愫，談起她時莫說愧疚，就連一絲一毫的懷念都無。

雖然早就知曉他的態度，但當親耳聽見，孟小汀還是少有地沉下氣壓，半晌無言。

偏偏與她同行的另外三人，無論謝鏡辭、莫霄陽還是裴渡，都不擅長安慰人。

若要開口，唯恐哪裡生出紕漏，讓她更加難過；倘若一言不發，又顯得太過無情，一時間都慌了陣腳，悄悄交換眼神。

「真是的，幹嘛這麼安靜啊？」到頭來居然是孟小汀本人打破了沉寂，勉強勾唇朝他們笑笑：「我沒事啦，孟良澤就是這種性格，我早就知道了，你們沒必要這麼拘束——話說回來，你們覺不覺得，之前現身的那群面具人有一點很奇怪？」

竟是她反過來安慰其他人了。

莫霄陽與謝鏡辭皆是雙肩一沉。

他們好沒用。

裴渡正色道：「孟小姐所指何事？」

「就是……他們好像全都瘦瘦小小的，雖然修為到了元嬰，但身體顯然跟不上。」

孟小汀摸摸下巴，微揚了頭：「大多數人都身形瘦削，而且看殷宿拿刀的模樣，似乎很久未曾認真練過刀工了，動作笨笨的。」

的確如此。

和殷宿交手時，謝鏡辭很明顯感覺到他動作上的遲緩乏力，她之所以能重創不少元嬰期面具人，很大一部分原因便是來源於此——

他們都像很久沒活動過身體，根本來不及反應。

「想要澈查此事，不如我們整頓一番，儘快前往孤雲山，最好能把那群人的老巢攪得天翻地覆！」莫霄陽幹勁十足，不知想到什麼，兩眼發亮地咧了嘴：「在那座山裡，說不定還能見到孟小姐失蹤的娘親。」

如果能找到，那便是最好的結果。

但過了這麼多年，那群人又盡是窮凶極惡之徒……

謝鏡辭總覺得心底發悶，一面走，一面不露聲色伸出手去，輕輕握住身旁孟小汀的手腕。

「妳別怕。」她臉皮薄，不願當著太多人的面吐露心跡，於是用了傳音入密：「無論發生什麼事，都有我在。」

這是她最好的朋友。

整個學宮都說謝鏡辭是個凶巴巴的臭脾氣，沒有太多人願意接近。唯有那日她心情差勁，把幾個刁難孟小汀的同窗狠狠揍了一通，站在角落的陌生姑娘哭成荷包蛋淚眼，嗚哇一聲撲進謝鏡辭懷中。

像隻軟綿綿的毛絨玩具熊。

友誼是種很奇妙的東西，明明是兩個性格截然不同的、被大家竭力避開的傢伙靠近彼此之後，卻格外合拍。

那段必死的結局……無論如何都要避開。

手中握著的腕微微一顫，似是想要抽出，又遲疑著一動不動。

孟小汀不知怎麼噗嗤笑出聲，輕輕應她：「我知道的。」

她說著一頓，沒有用傳音，聲調高昂輕快，能讓在場的每個人都聽到：「辭辭，我近日練字，手上磨了好多繭，好痛哦——要不妳摸一摸，摸摸就不疼了。」

孟小汀最愛撒嬌，謝鏡辭對此習以為常，順著她話裡的意思，把指尖往下移。

先是摸到凸起的、有些冰涼的腕骨。

旋即向下滑落，便到了手心。

站在她們身後的莫霄陽咳嗽了幾聲，許是錯覺，這咳嗽聲裡似乎藏了點強忍著的笑意。

「而且冬日嚴寒，我總覺得皮膚越來越差勁。」孟小汀語氣幽怨，長長嘆了口氣：「妳有沒有覺得很糙？」

謝鏡辭還在兀自思索她的死訊，聞言拇指一旋，在孟小汀手心摸了摸。

後者像是覺得有些癢，輕顫著瑟縮一下。

她實話實說：「很軟很舒服，放心，不會影響孟小姐的美貌。」

「哦——很軟很舒服。」孟小汀笑得更歡：「那我以後多給妳握一握這隻手，好不好？

怎麼樣，摸到繭子沒？」

那隻手又縮了一下。

謝鏡辭沒想到她這麼怕癢，逗弄般用指尖悠悠一旋，劃過道道溝壑般的掌心紋路，順勢從手心向上。指腹經過溫熱的軟肉，細細前移。

真的生了繭，還有些厚，摸上去癢癢的，並不會讓人難受。

只是短暫的練字，當真會磨出這樣的繭嗎？

謝鏡辭心下困惑，抓著那根指頭反復摩挲，剛要低頭一看究竟，突然意識到不太對勁。

骨節分明，生了厚厚的繭，好像……比起她的手指，要更長一些。

……這是女孩子的手嗎？

一股熱氣猛地竄上腦袋，謝鏡辭大腦當機。

已知她和孟小汀並排行走，莫霄陽和裴渡在她們身後。

孟小汀走路最愛晃著手，因此謝鏡辭拉過她的手腕時，下意識朝著往後一點的方向。

謝鏡辭：「……」

不會吧。

謝鏡辭懷揣著僅存的最後一絲希冀，茫然低頭。

被她緊緊握住的右手修長寬大，因為反覆按揉，白淨如玉的皮膚染了淺淺粉紅色。

孟小汀終於忍不住狂笑，莫霄陽故作鎮定，用咳嗽遮掩笑意。

謝鏡辭倉促回頭，正對上裴渡漆黑的鳳眼。

他顯而易見地侷促不已，手指下意識往內蜷縮，在觸碰到謝鏡辭指甲時，像觸到滾燙的火，長睫迅速一顫，倏然把指尖退開。

「……謝小姐。」裴渡沒避開她的視線，強忍下心底羞恥，竟是頂著通紅的耳根，極為正經地出聲：「妳拉錯人了。」

這是笨蛋吧。

她當然知道拉錯人了啊！這種事情並不需要他來重複強調好嗎！一旁看戲的孟小汀已經笑到沒有眼睛了！

謝鏡辭梗著脖子瞪他：「你你你幹嘛不把手拿開？」

裴渡手掌和臉都是紅，言語不能，說不出解釋，莫霄陽秉持著大俠風範替他打抱不平：「謝小姐，是妳先抓了他的手，他想把手拿開，也得妳先卸下力氣。」

孟小汀看熱鬧不嫌事大，跟在他後邊插話：「對，妳還沒有否認，以後想多摸一摸。」

她說著眸光一晃，伸出自己的右手：「辭辭，妳要不來試試看，我和裴公子的手，哪個更軟更舒服？」

莫霄陽故作驚訝：「那也要謝小姐先把手從裴渡身上鬆開哦，啊呀，怎麼還抓著，黏上啦？」

唯一的老實人裴渡：「謝小姐……對不起。」

這群叛徒！

謝鏡辭氣得當場變身一隻跳腳蝦。

孤雲山地處偏遠，遠居於人跡罕至的重岩疊嶂之間，無論是自幼在雲京長大的謝鏡辭、孟小汀，還是剛出鬼域不久的莫霄陽，都對山中一無所知。

幾人雖想儘快查明真相，但也心知此事不宜莽撞。

那團邪氣至少有元嬰巔峰的實力，比他們這些初出茅廬的愣頭青足足高出整整一個大階，孤雲山又是它的主場，倘若貿然前去，恐怕危機四伏。

只有話本子主人公才愛當孤膽英雄，謝鏡辭惜命，決定先行歸家整頓一番，等謝疏與雲朝顏回來，再一併細商接下來的打算。

她莫名其妙抓了裴渡的手，禁不住兩個狐朋狗友的連連起鬨，直愣愣地回了謝府。

經過與孟良澤的交談，雖然能確定孟小汀娘親與那團邪氣定有關聯，但重重謎團一個接著一個，總覺得像是蒙著層朦朦朧朧的薄紗，彼此之間尋不到關聯——其中最迷惑的一點，便是邪氣為何會時隔多年，帶著一群失蹤已久的人來到雲京。

若說復仇，那些恩恩怨怨全都是許多年前陳芝麻爛穀子的舊事，若要細細想來，恐怕他們真正的目的另有其事，對雲京城裡的幾人實施報復，只不過是順手之舉。

而且據孟良澤所說，孟小汀娘親極為害怕噩夢，莫非在那時，她就已經受邪術所害，曾被困於精心編織的夢裡？

想不明白他們之間的關係。

結合系統曾透露的結局，現如今最糟糕的可能性是……那些人之所以前來雲京，目的在於孟小汀。

想起近日以來的種種遭遇，謝鏡辭總放心不下她，乾脆尋了瓶桃花水，來到孟小汀借居的院落。

孟小汀性情外向，選中的院子自然也是熱熱鬧鬧。

如今雖是隆冬，這間小院卻被溫暖的靈力籠罩，雪華盡數被隔離在外，消弭於半空。牆邊盤旋了綠盈盈的爬山虎，角落裡的苗圃更是花團錦簇，一派粉白顏色。

「哦哦哦這是尋月坊裡的桃花水！」孟小汀笑得合不攏嘴：「還有特製的綠蘿糕——我一直想吃來著！太愛妳啦辭辭！」

要說這件事裡，他們四人中誰被牽連得最多，毫無疑問是孟小汀。

可到頭來出言安慰其他人、總是樂呵呵笑著的，也是孟小汀。

謝鏡辭坐在院落的石桌旁，用手托著腮幫子，靜靜聽身旁的小姑娘嘰嘰喳喳。

她聽得入神，被桌上清甜的蜂蜜桃花香氣薰得一陣恍惚，直到這時才忽然意識到，似乎孟小汀一直是這樣。

不管發生什麼事,無論任何時候,她都在笑。

祕境遇險的時候,孟小汀會從儲物袋裡抖出全部身家,哆哆嗦嗦卻一本正經地幫她往傷口上藥,然後得意一咧嘴:「別擔心,還有我在喔。」

受到學宮裡其他人冷嘲熱諷的時候,連謝鏡辭都氣得當場拔刀,孟小汀卻一把將鬼哭按下,捏一捏她掌心:「沒關係沒關係,我不生氣,妳也別生氣——還記得嗎?生氣會長皺紋。」

就連某天偶遇孟良澤,那人站在林蘊柔與嫡子身邊,對她視而不見,孟小汀也不過遠遠朝男人做了個鬼臉,然後像往日裡無數次的日常談話一樣,用平靜至極的語氣告訴她:「啊,今天有點冷。」

謝鏡辭從沒見她傷心過。

哪怕在很多時候,她都是最應該傷心的那一個,孟小汀卻從來都是咧了嘴一笑而過。

「要是覺得難過……可以跟我說。」

謝鏡辭只會殺人,不會安慰人,話音出口,是與平日截然不同的生硬笨拙。

原本還在滿嘴跑馬的小姑娘怔然愣住。

「不想笑的話,也沒關係。」她總覺得彆扭,話語卻不受控制地從腦子裡淌出來,途經僵硬的舌尖,悠然一繞,散在周遭陡然靜下來的空氣裡:「不管怎麼樣,我都會和妳在一起……所以沒關係的。」

孟小汀沒有說話，也沒再繼續笑。

不出意料，她把氣氛搞砸了。

除了在鬼域裡安慰裴渡，謝鏡辭從沒對誰說過這樣的話，尤其對方還是認識了好幾年、向來嘻嘻哈哈的朋友。

……這種話聽起來果然又怪又矯情，孟小汀境遇本來就糟糕，這會兒被直白戳穿，或許只會覺得尷尬。

謝鏡辭心裡彆扭，低著頭沒看對方表情，在鋪天蓋地的靜默裡，倏地就泄了氣：「我是不是，挺不會說話的？」

之前聽見小廝們的議論，也說她跟「平易近人」遠遠挨不著邊，充其量是個冷冰冰的拔刀狂。想來她的確性格糟糕，不討人喜歡，就連安慰人，也往往踩不到點上。

謝鏡辭苦惱地撓撓腦袋。

「……那我就不笑啦。」

脆生生的嗓音好似銀鈴鐺鐺，落在無精打采的耳朵上。

謝鏡辭恍然抬眼，正對上孟小汀圓潤的杏眸。

其實她還是在笑，葡萄一樣的眼底噙著微弱的薄光，笑意像是淺淺的海潮，一簇簇撫過海灘，又慢悠悠往下迴旋。

這是與她平日裡完全不同的笑，極輕極淡，帶著縱容般的溫柔。

謝鏡辭看見她兀地抬起右手。

不知是來源於桃花水的香氣，還是院子裡綿延如錦繡的花叢，當孟小汀的手掌落在她頭頂，引來不絕如縷的清幽甜香。

「誰說妳不會講話？」孟小汀最愛揉她腦袋，力道不大，手心像擼貓似的輕輕一旋，惹得謝鏡辭微微瞇眼：「妳比其他都好。」

她說話的時候，語氣裡沒了笑。

謝鏡辭被這個突如其來的動作揉得腦袋一晃，又聽她繼續道：「其實有時我會覺得，妳同我娘有些相像。」

這是孟小汀第一次主動提起她娘親。

平白無故撿了個女兒，謝鏡辭很認真地思考須臾，自己究竟是從哪裡散發出了母性光輝，一面愣愣地想，一面茫然與她對視。

「我娘不懂很多東西，就像孟良澤若說的那樣，她應該曾被束縛在一個與世隔絕的地方許久，後來和我生活在雲京城郊外的小村子裡，雖然熟悉了很長一段時間，也還是會鬧出不少笑話。」

孟小汀眼底溢了淺淺的笑，用和謝鏡辭同樣的動作，撐著腮幫側過臉，定定與她四目相對。

「人際關係也是如此。她幾乎不懂得如何與外人打交道，所以在很長一段時間裡，我們家都像和外界隔絕了一樣。」她說著垂了眼，語氣漸漸生出幾分柔和與空茫：「但即便如此，她還是會竭盡所能地對我好，逗我發笑——那時我問她，她為什麼總是笑，好像從來都不會哭。娘親告訴我，倘若見到她掉眼淚，我也會跟著難過，她不想讓我難過。」

其實江清意這輩子過得很窩囊。

膽小怕事、一貧如洗，對許許多多的事情一竅不通，因為不敢與外人交談，把自己封閉在那間又小又冷的房屋。

但作為一個母親，在唯一的女兒面前，她卻總是在笑。

於是漸漸地，在來到雲京城後，孟小汀也開始學著她的模樣微笑，只不過笑容的意義，終究與江清意不同。

不能因為自己的難過，而令旁人感到困擾。

不能在受到欺負時露怯，否則會迎來更為不加節制的針對。

也不能在孟良澤的無視與厭煩裡感到傷心，因為她寄人籬下，身分尷尬，沒有為此而不開心的資格。

她連資格都沒有。

可憐江清意強顏歡笑了那麼多年，始終沒能遇到一個人告訴她，如果難過，不笑也沒關係。

孟小汀垂眼望著杯裡的桃花水，瞳仁薄光暗湧。

而她何其幸運，能聽見有人親口對她說，我會和妳在一起。

「所以呢，妳和我娘很像啦。」她說著雙眼一彎，右手又用力揉了揉，嗓音清脆：「——都笨笨的，總要我在旁邊照顧，好累呀。」

謝鏡辭的眼睛倏然變得滾圓，引得她止不住又開始發笑。

「妳又逗我。」

放在頭頂的手掌終於被孟小汀挪開，謝鏡辭摸了摸被觸碰過的位置，感覺到一股暖熱。

氣氛因為孟小汀的笑聲緩和不少，她習慣性戳戳小姑娘有些嬰兒肥的臉：「等明日我爹娘回來，咱們就去孤雲山——那些戴著面具的人都是失蹤多年才突然現身，妳娘說不定也同他們一樣，仍被困在那座山裡。」

她話音落下之際，在被靈力渾然包裹的庭院中，忽然襲來一陣冷冽微風。

這道風若即若離，淺淡得恍如無物，其間蘊藏的寒意卻深入骨髓，讓謝鏡辭不由顫慄。

伴隨著冷風而來的，還有一聲嘆息般的笑。

謝府不盛奢華之風，不似其他大族，聘請元嬰修士在府邸布下重重防衛——畢竟在繁盛一時的雲京城裡，於當今劍尊的震懾下，幾乎無人敢在此造次。

然而今日謝疏與雲朝顏並不在家中，孟小汀的客房又位於偏僻角落，無人前來。

一切異變只在瞬間。

這出突襲來得毫無預兆，謝鏡辭手中沒有備刀，要去儲物袋中搜尋，定然來不及抵抗，只能堪堪動用靈力，勉強接下第一擊。

趁虛而入的邪氣好似刀鋒，帶著疼痛層層滲進骨髓裡，而身側疾風再度凝結，顯然將襲來第二次攻擊。

謝鏡辭凝神咬牙，指尖觸碰到儲物袋的剎那，一束金光恍如細密絲線，陡然闖入視野之中。

——孟小汀身為體修，對防禦最為在行，不過一個晃神的功夫，便已護至她身前，右手迅速掐訣。

突然闖入的邪息勢不可擋，有如劈頭蓋臉砸落的疾風驟雨，與她周身金光相撞，發出嗡然沉緩的鐘磬之音。

在一簇梅樹之間，謝鏡辭見到那團曾懸在殷宿頭頂的黑氣。

它這回沒把力量分給手下眾人，獨自凝結於一團，好似吞吐所有光線的黑洞，層層黑霧像極旋轉蕩開的漩渦，在日光下伸展蔓延。

邪氣聚了力，修為斷然不是孟小汀能夠比擬。

籠罩於身的金光很快道道皸裂，她強撐不下，驟然咳出一口鮮血，被黑團擊中前胸。

謝鏡辭眼疾手快，迅速接住她。

「殷宿那廢物，成事不足敗事有餘，滿腦子要報仇，全然忘了此番前來雲京的目的。」

那團邪氣居然開口說了話。

它的聲線雌雄莫辨，比起修士，更像故障後暗啞不堪的機器，加之語氣不善，止不住發出破風箱一樣的雜音，讓謝鏡辭不悅地皺了眉。

他們真正的目的。

她心口轟地一震。

……孟小汀。

多年前，他們就不由分說帶走了孟小汀的娘親。

殷宿帶著一眾面具人，將他們困在幻境裡，四人中也有孟小汀。

而如今它親自找上門來，特地襲擊她們二人——

自後背生出的劇痛不斷蠶食神智，謝鏡辭再度聽見從邪氣裡溢出的笑。

幽冷、緩慢，輕而易舉就能讓人頭皮發麻。

她必須拔刀，意識卻越來越沉，在逐漸模糊的視線裡，望見自四面八方而來、狀若藤蔓的黑霧。

在黑霧之中，被緩緩吞沒的……是孟小汀。

它要帶走她。

就像多年前，帶走江清意那樣。

「這丫頭我就帶走了。」邪氣低低地笑，音量很弱，每個字都化作尖針，生生刺進耳膜裡：「至於妳……不用擔心，沒過多久，謝小姐那兩位朋友便會前去地下陪妳。」

「永別了。」

喑啞的笑侵襲所有感官。

在所剩無幾的意識裡，謝鏡辭見到像蛛網那樣散開的黑氣，黑影濃郁得有如實體，饒是陽光也被頃刻掩去行跡，殺意彌散，盡數奔湧而來。

一瞬的凝滯與死寂。

——旋即陡然而至的，竟是一道清冽白光。

謝鏡辭咬破下唇，強迫自己不至於昏昏睡去，在溢開的淡淡血腥氣裡，望見一抹熟悉的影子。

四周盡是迷濛黑霧，不聲不響地裹緊整個院落，那道身形高挑瘦削，攜了瑩白如玉的一瞬亮光，朝她靠近時，好似猝然出鞘的刀刃，盡碎暗潮。

一個名字衝破混亂不堪的意識，竄在她心上。

此刻的裴渡盡數褪去平日溫馴，踏風而來，白衫翻飛，周身是數道無法抑制的殺氣。

他像是動了怒，黑眸中笑意消卻，空留一片森然冷厲，手中長劍嗡鳴不止，破開吞吐不定的暗芒。

謝鏡辭嗅到越來越近的樹香。

待她頹然倒下，栽進一團僵硬的溫熱。

「裴渡。」邪氣不間斷地啃噬神經，她困得厲害，用最後一絲清醒的意識告訴他：「孟小汀……」

有什麼東西懸在半空，經過片刻遲疑，籠上她後頸散落的黑髮。

他嗓音很沉，開口說話的時候，整個胸腔都在微微震動：「嗯。」

「天生劍骨。」那邊的邪氣竟是桀桀怪笑，並未即刻發起進攻：「我找尋這種體質已久，居然在這兒撞上……有趣，有趣。」

它說著一頓，似是細細將裴渡端詳半晌，繼續慢聲道：「小子，你於我有益，不如與我做個交易——我大發慈悲留你一命，等殺了這丫頭和另一個劍修，你便隨我回去，做我臣屬如何？」

聽聞後半段言語，裴渡眼底殺意更甚。

「先別急著拒絕，看見那些為我任勞任怨的修士了嗎？」它料到他的反應，並未惱怒，而是輕聲笑笑：「我給予他們一個全新的世界，一個一切隨心的世界——在那裡，所有心願都能成真，無論仇家、劍尊法聖還是形形色色的女人，皆會毫無怨言匍匐在你腳下，你難道不想要？」

它所言的「全新世界」，應該是夢境。

凌亂的線索漸漸彙集。

邪氣為走投無路的修士們精心編織心想事成的幻夢，換取後者全身心的絕對臣服。

所以他們才會身形孱弱、許久未曾修煉，幾乎在世間消匿所有行蹤，不知去往何處。在這麼多年來，殷宿等人一直都沉溺於虛妄之中，至於現實如何，早就不去多做在意。實在可悲。

「我早就聽說過，你被裴府逐出家門，受盡折辱，受了那麼多苦，你莫非不想把那群人輕而易舉碾在腳下？更何況——」

那道古怪的聲音愈發沙啞，彷彿泥沙漸漸淤積，混雜著顆顆石粒，無比粗糙地劃過耳膜。

邪氣笑得震顫不已，言語間橫生嘲弄般的惋惜：「她對你並無心意……你對此心知肚明，不是麼？」

裴渡握劍的右手兀地一僵。

「你苦苦候在她身邊又有何用？不如歸順我，前往那無邊夢境之中。」它看出這一瞬怔忪，笑意漸濃：「所有人都得到了想要的一切，金錢、地位、女人……你難道不願意看到，她對你百依百順、無限鍾情的模樣嗎？」

百依百順，無限鍾情的謝小姐。

懷裡的姑娘已經漸漸睡去，裴渡眸光微暗，自嘴角揚起自嘲的輕笑。

多可笑，即便不願承認，可願意對他無限鍾情的謝小姐……必然是場虛幻假像，當不得真。

早在許多年前，他就已經暗自下了決心。

謝小姐的影子太遠太亮,如同穹頂上觸不可及的太陽。他出生於塵泥之間,一點點朝她靠近,便已經用去了大半生。

裴渡絕不允許任何人叫她墜落下來。

在幻夢中得償所願又如何,倘若真正的謝鏡辭出事,一切便沒了意義。

他只在意她,也只想要她。

光芒萬丈的太陽,就應當永遠無憂無慮懸在天上。

哪怕他一輩子都只能遙遙地、悄悄地仰望。

黑髮被他笨拙別上耳畔,裴渡終是沒能忍住,用指腹緩緩撫過她圓潤的耳垂。

叢生殺氣裡,這抹綿軟的柔意顯得微不可查。

「你大可同她好好道別。」邪氣察覺殺意漸退,哈哈大笑:「與我回去,很快就能再見到她了。」

黑霧再度上湧,在狂亂嘶啞的笑聲裡,年輕的劍修微微躬身,將懷中少女扶向石凳坐好。

元嬰的威壓沉甸甸向下,當他低頭啟唇,溫和清越的嗓音自喉間淌落,即便被吞噬大半,也仍舊清晰可辨。

「謝小姐。」

薄唇輕輕靠近她瑩白的耳垂。

當兩道柔軟觸感於電光石火間短暫相接,好似蜻蜓點水,徒留令人顫慄的酥麻。

他的呼吸滯留在她頸間，騰起淡淡的熱。

只不過是這樣的觸碰，就已經讓他整顆心臟都難以自持地狂顫。

裴渡握緊手中長劍，無比貼近地告訴她：「……別怕，我在。」

頃刻之間，劍光疾作。

裴渡轉身剎那，漫天花雨倏然散開，被肅殺鋒刃盡數碾作齏粉。勢如疾風的劍氣凝出刺目白虹，寒芒斬幽朔，霜雪驟破空，伴隨一聲尖銳鳴嘯——

滿園殺氣，盡數向邪氣湧去！

——《反派未婚妻總在換人設【第一部】妖女、綠茶與霸道總裁？！》（中卷）完——

——敬請期待《反派未婚妻總在換人設【第一部】妖女、綠茶與霸道總裁？！》（下卷）——

高寶書版集團
gobooks.com.tw

YE 086
反派未婚妻總在換人設【第一部】妖女、綠茶與霸道總裁?!（中卷）

作　　者　紀　嬰
責任編輯　吳培禎
封面設計　單　宇
內頁排版　賴姵均
企　　劃　何嘉雯

發 行 人　朱凱蕾
出　　版　英屬維京群島商高寶國際有限公司台灣分公司
　　　　　Global Group Holdings, Ltd.
地　　址　台北市內湖區洲子街88號3樓
網　　址　gobooks.com.tw
電　　話　(02) 27992788
電　　郵　readers@gobooks.com.tw（讀者服務部）
傳　　真　出版部(02) 27990909　行銷部 (02) 27993088
郵政劃撥　19394552
戶　　名　英屬維京群島商高寶國際有限公司台灣分公司
發　　行　英屬維京群島商高寶國際有限公司台灣分公司
法律顧問　永然聯合法律事務所
初　　版　2024年09月

本著作物《反派未婚妻總在換人設》，作者：紀嬰，由北京晉江原創網絡科技有限公司授權出版。

國家圖書館出版品預行編目(CIP)資料

反派未婚妻總在換人設．第一部，妖女、綠茶與霸道總裁?!/紀嬰著．-- 初版．-- 臺北市：英屬維京群島商高寶國際有限公司臺灣分公司，2024.09
　冊；　公分．--

ISBN 978-626-402-077-0(上卷：平裝)．--
ISBN 978-626-402-078-7(中卷：平裝)．--
ISBN 978-626-402-079-4(下卷：平裝)．--
ISBN 978-626-402-080-0(全套：平裝)

857.7　　113013116